Raphaëlle Giac

Sobibor

Première de couverture : © Meyer/Tendance-floue.
Deuxième de couverture : [h] © Bilderwelt/Roger-Viollet ; [b] © Nik Wheeler/Corbis.
Troisième de couverture : © Tardi/Libération.
Page 203 : © DR.

ISBN 978-2-7011-5256-1
ISSN 1958-0541

CLASSICOCOLLÈGE

Sobibor

JEAN MOLLA

Dossier par Marianne Chomienne
Agrégée de lettres modernes

BELIN ■ GALLIMARD

Sommaire

Introduction

En 2003, *Sobibor* paraît dans une collection destinée aux adolescents. Depuis sa parution, pas moins de sept prix ont récompensé le roman de Jean Molla. Pourtant, les thèmes abordés sont loin d'être faciles : l'anorexie et l'extermination des Juifs au cours de la Seconde Guerre mondiale. *Sobibor* raconte en effet comment Emma, la fille d'un médecin d'Angoulême, découvre par hasard un vieux journal intime et se rend peu à peu compte que ses grands-parents lui ont caché toute une part de leur passé. Le mythe familial s'effondre et l'adolescente sombre dans l'anorexie.

Petite histoire et grande Histoire se rencontrent dans ce roman bouleversant qui plonge le lecteur dans l'horreur d'un camp d'extermination de la Seconde Guerre mondiale et invite à s'interroger sur l'importance du témoignage et de la mémoire. En ce début de xxie siècle en effet, les témoins de la Seconde Guerre mondiale sont en train de disparaître ; il importe que l'on continue à évoquer ce qui fut, pour que les faits ne soient pas menacés d'oubli.

Pour Mapie.

Aujourd'hui, j'ai vomi pour la dernière fois.

Je suis allée aux toilettes, je me suis agenouillée et j'ai introduit mon index tout au fond de ma gorge. Il a suffi d'un frôlement pour que le hoquet libérateur me secoue. J'ai senti le contenu de mon estomac remonter et gicler par ma bouche ouverte, y causant au passage une brûlure acide. Mes yeux se sont remplis de larmes. Je me suis redressée, j'ai essuyé mes lèvres avec du papier et j'ai tiré la chasse.

Je ne sais pas si je dois essayer de suivre la chronologie des faits ou m'abandonner aux souvenirs. Peut-être ferai-je un peu des deux, jusqu'à ce que quelque chose jaillisse. Peut-être vais-je essayer de vomir en mots ce que j'ai des mois durant vomi en silence. Nourritures à peine digérées me lacérant la gorge, me laissant épuisée, douloureuse. Nourritures avalées comme une forcenée [1], pour me faire taire, ou pour remplir ce vide immense au-dedans de moi. Vide trop grand pour mon corps de jeune femme. Vide qui me mangeait de l'intérieur, qui menaçait de m'engloutir. Vide qui creusait mes joues et mes côtes. Vide qui se nommait Sobibor, et que j'ignorais.

Mais je vais trop vite. Je dois refaire le chemin inverse. Pour moi. Pour les autres.

---

1. Forcenée : personne qui n'a plus sa raison, folle.

Je n'ai jamais vécu ce qui va suivre, je n'en sais que l'essentiel. Les faits se sont-ils passés exactement comme je vais les relater ? J'en doute fort. Mais est-ce ce qui importe en définitive ? Je
25 me suis raconté cette succession de scènes tant de fois que j'ai l'impression qu'elles font partie de mon histoire. Ce sont mes souvenirs désormais.

Eva Hirschbaum a été arrêtée avec son fils et son mari dans la ville d'Amsterdam, au printemps de 1943. J'ignore quasiment
30 tout d'eux. Je n'ai jamais vu qu'une photo d'elle et d'elle seule. Je ne sais pas ce qu'ils faisaient dans la vie, ce qu'ils aimaient. Je ne sais que leurs noms et ce qu'ils sont devenus.

Ils avaient cru pouvoir échapper aux persécutions quelques années auparavant, quand ils avaient fui l'Allemagne et s'étaient
35 réfugiés en Hollande. Mais les nazis n'oubliaient personne. On les a arrêtés puis conduits dans le camp de regroupement de Westerbork [1]. Ensuite, on les a forcés à monter dans un wagon, sans leur dire où on les menait. Ils y sont restés cloîtrés [2] plusieurs jours, sans manger, sans boire, malgré la chaleur, la promiscuité [3],
40 l'épuisement. Privés de tout, abandonnés de tous. J'ai peine à imaginer ce qu'ils ont pu éprouver, passant ainsi de la condition d'homme à celle de bétail, comment ils ont pu accomplir les gestes les plus humbles [4] et les plus secrets de l'existence, serrés comme ils étaient les uns contre les autres, comment ils ont
45 fait pour trouver la force de conserver un semblant de dignité, d'humanité.

Parfois, je parviens à me représenter avec une acuité [5] qui me laisse exsangue [6] leur crainte, leur douleur, leur humiliation.

---

1. Westerbork : camp situé dans le Nord-Est des Pays-Bas. De 1942 à 1944, il a servi de camp de transit pour les Juifs néerlandais avant leur déportation dans les camps d'extermination.
2. Cloîtrés : enfermés.
3. Promiscuité : entassement des gens.
4. Humbles : simples, modestes.
5. Acuité : précision, finesse.
6. Exsangue : vidée de mon énergie, de ma vitalité.

Mais la plupart du temps, mon esprit devient de glace et reste à la surface des mots. Je peux tout réciter mais je ne comprends rien.

Le mari d'Eva n'a pas survécu au trajet, comme tant d'autres. Il est mort juste avant le terme de leur voyage. Était-il malade ? A-t-il été maltraité ? Quelles ont pu être les dernières pensées de cet homme, sachant qu'il abandonnait ceux qu'il aimait ? Quelles ont été ses souffrances ? Qui a-t-il prié ? Et qui a pleuré sur lui ? Après.

Pas elle et son fils. On ne leur en a pas laissé le temps. Ils sont arrivés à Sobibor, en Pologne. Ont-ils seulement su le nom de ce lieu ? Ont-ils eu le temps de regarder les champs, les forêts de sapins à perte de vue ? Faisait-il beau, ce jour où ils sont morts ?

Au sortir du wagon, Eva a contemplé, incrédule, la rampe d'accès sommaire [1] qui menait de la gare au camp, la clôture de barbelés et les baraquements de bois brut qui se dressaient un peu plus loin. Elle a immédiatement compris que le pire était à venir. Serrant contre elle Simon, son fils, elle s'est laissé emporter, dans une cohue bruyante et terrifiée. Des hommes en uniforme, armés de gourdins, visages fermés, les ont conduits sur une aire dégagée, au centre du camp. Ils ont aperçu, derrière eux, les hautes silhouettes écrasantes des miradors. Certains ont dû savoir qu'ils finiraient leurs jours ici. Les autres devaient espérer, de toutes leurs forces. Qu'aurais-je fait, moi ?

On les a bercés de paroles destinées à les rassurer. Ensuite, on a séparé les hommes, les femmes et les enfants. On a détaché de ses bras Simon, qui ne voulait pas l'abandonner. J'imagine leurs pleurs, leurs cris, les ordres aboyés. L'odeur de sueur, la peur sur les visages, les coups, le désespoir. Eva a vu son fils partir avec une petite colonne de gamins. Mais, comme ils tournaient au coin d'un bâtiment, Simon s'est sauvé et a couru vers elle. Eva s'est précipitée et l'a pris dans ses bras. Un homme s'est avancé

---

1. Sommaire : très simple, peu élaborée.

alors en jurant et leur a ordonné de retourner à leurs places respectives. Ce n'était pas un Allemand. Eva, machinalement, a relevé son accent étranger. Elle a supplié l'inconnu de ne pas les éloigner l'un de l'autre. Simon s'accrochait à elle comme un
85 qui se noie. L'homme a arraché l'enfant à sa mère, a sorti son arme et, sous les yeux de celle-ci, l'a abattu.

Il souriait.

J'imagine Eva. Je la vois. Je suis Eva. Au-dedans d'elle, il y a un grand vide soudain. Le monde s'est tu. Devant elle, il y a une
90 petite forme recroquevillée qui était son amour, sa vie. Devant elle, il n'y a plus rien.

Je ne crois pas qu'elle a fait un mouvement quand il a posé son arme sur son front et qu'il a tiré. Je ne pense pas qu'elle l'a seulement vu. Eva avait déjà pris congé de l'humanité. Cet homme
95 par son geste avait aboli [1] le monde des hommes.

---

1. Aboli : supprimé.

C'est mon père qui est venu me chercher. Quand on l'a fait entrer dans la pièce où j'attendais, j'ai lu dans ses yeux un mélange de colère, de honte, de douleur. De la tristesse aussi. Ça m'a rassurée. Le directeur s'est levé, l'a pris par le bras et ils sont sortis. J'ai entendu, à travers la porte, une bouillie de mots. J'en ai reconnu quelques-uns, à la volée : *deuil, hôpital, maladie, comprendre.* J'ai eu envie de hurler, de dire que ça n'avait rien à voir, que je n'avais pas d'excuses, qu'ils pouvaient m'enfermer encore ! Je me suis contentée de mordiller mes ongles. La voix du directeur ronronnait. Elle était calme, bienveillante, comme lorsqu'il m'avait parlé, une demi-heure plus tôt…

– Vous avez faim, mademoiselle ?

Il considérait avec effarement mes joues creuses, mes yeux cernés, mon corps squelettique que mes vêtements trop larges dissimulaient tant bien que mal. Ses yeux se sont attardés sur mes mains et il a réprimé un frisson. J'ai respiré un bon coup et je me suis redressée sur ma chaise.

Les vigiles m'avaient attrapée alors que j'essayais de passer les caisses avec quatre paquets de gâteaux planqués dans les poches de mon manteau. Après les formules d'usage, ils m'avaient traînée jusqu'à son bureau. Je m'étais laissé faire. Dans le fond, je m'en foutais ! Ça mettait un peu d'animation dans leurs vies à la con.

Le directeur a répété sa question.

25 J'ai secoué la tête et j'ai fixé mes pieds.

– Vous êtes malade?

J'ai haussé les épaules.

– Vous avez des parents?

Ça devait y aller les supputations [1], sous son crâne de bureaucrate [2].

30 Bingo, une orpheline! Cosette en personne, si ça se trouve…

J'ai relevé mes yeux, les rivant aux siens, avec mon air de tête à claque.

– Évidemment. Pas vous?

Il a battu des paupières puis il a enchaîné, ignorant ma ques-

35 tion :

– Pourriez-vous me donner le numéro de téléphone de vos parents, s'il vous plaît? Vous n'avez pas dix-huit ans, je suppose. J'ai l'obligation légale de les contacter.

J'aurai dix-huit ans dans quelques semaines. J'ai failli le lui

40 dire. J'ai préféré laisser tomber. Qu'est-ce que ça aurait changé, de toute façon? J'ai cédé. Il a pris soin de brancher le haut-parleur et il a appelé chez moi. Une expression déconcertée est apparue sur son visage quand il a entendu : « *Cabinet du docteur Lachenal…* » Il a rapidement expliqué ce qui s'était passé. Voix

45 ferme et posée. Professionnelle. Mon père a déclaré qu'il arrivait immédiatement.

On est restés silencieux de longues minutes. Le directeur me dévisageait, interloqué. Il a fini par demander :

– Votre père est médecin?

50 Quand on voit la gueule que je me paye, on ne m'imagine pas issue d'une bonne famille, bien élevée, avec des parents pleins de fric, qui fréquentent la meilleure société d'Angoulême.

– Je n'ai pas l'allure d'une fille de toubib, peut-être? Ça va changer quoi, de toute façon? Vous ne poursuivez que les pau-

55 vres?

_____

1. Supputations : hypothèses.
2. Bureaucrate : employé de bureau (péjoratif).

Il a soupiré, a posé ses mains à plat sur son bureau encombré de documents et m'a regardée. C'était un homme jeune, plutôt mignon, avec une tête de bon élève. Le genre costume-cravate, comme mon père. Sa maman devait être fière de lui.

Il a ouvert la bouche, l'a refermée. Je crois que je commençais à lui taper sur les nerfs. C'est ce que je cherchais, après tout.

– On poursuit aussi les riches, mais dans un cas comme dans l'autre, on essaie d'abord de comprendre pourquoi ils volent.

– C'est dans les écoles de commerce qu'on vous apprend ça ?

Il m'a jeté un regard que je n'ai pas aimé. J'y ai lu quelque chose qui ressemblait à de l'exaspération. Ou du mépris. Ou de la pitié.

– Non, mademoiselle, c'est dans la vie, jour après jour. Ce n'est pas ma fonction qui me dicte ce que je dois faire.

Il avait parlé lentement, posément, insistant sur chaque mot. Qu'est-ce que je pouvais répondre à ça ?

Je me suis sentie glisser. Une fois de plus, j'allais me ramasser. Il m'a scrutée à nouveau. Longtemps, en silence, mais avec une intensité qui m'a mise mal à l'aise. Qu'est-ce qu'il me voulait, ce type ? Je ne suis pas intéressante. Je suis mal dans ma peau. Je suis moche. Je n'ai rien à donner. J'ai tout foiré : Julien, le lycée. Ma mort.

Et j'ai la trouille. La trouille de ce qui me reste à faire.

Derrière lui, la fenêtre découpait un rectangle de ciel bleu. Un brouhaha confus traversait les cloisons trop minces : musique, voix, cris, appels, ronflements de moteurs. Signaux d'un monde auquel j'étais devenue étrangère.

Il m'a demandé à brûle-pourpoint [1] :

– Vous avez des problèmes, mademoiselle ?

Mademoiselle, encore ! Je m'attendais à la leçon de morale mais pas à cette politesse que je ne méritais pas. Je l'ai quand

---

1. À brûle-pourpoint : brusquement.

même fermée. Je n'allais pas lui raconter que si j'avais volé quatre paquets de gâteaux, sans effort de discrétion particulier, c'était pour les bouffer le plus vite possible et aller les dégueuler aussi sec dans les toilettes les plus proches ! Celles de son supermarché, si possible.

– Comment vous appelez-vous ?

J'ai failli lui raconter des salades, lui balancer un prénom débile. Mais il n'avait pas l'air de se ficher de moi et puis c'était tellement facile de vérifier. J'ai dit :

– Emma… Emma Lachenal.

– J'imagine que c'est la première fois que vous volez, Emma ?

Je n'ai pas eu le temps de répondre. On a frappé à la porte et une secrétaire a fait entrer mon père.

Papa était tout raide, devant le bureau, évitant soigneusement de croiser mon regard, plongé dans la contemplation des paquets de petits-beurre soigneusement disposés les uns à côté des autres. Il a proposé de les payer. Le directeur a rejeté sa proposition d'un geste et lui a fait promettre de le tenir au courant de *la suite des événements.* Ils se sont salués, cordialement, en individus du même monde. Le directeur est venu vers moi, l'air grave. Il a pris ma main, l'a serrée fort entre les siennes et m'a dit :

– Au revoir, Emma, promets-moi de faire attention à toi.

Le tutoiement m'a désarçonnée. Pourquoi ce mec que je ne connaissais ni d'Ève ni d'Adam me demandait-il de me préoccuper de moi ? Mes yeux se sont embués et j'ai bredouillé un oui pitoyable. Mon père a donné le signal du départ. J'ai jeté un dernier regard au directeur. Il m'a souri et je suis sortie. La secrétaire nous a raccompagnés, mon père et moi, à l'entrée de service et nous a abandonnés après un au revoir poli.

On a descendu les escaliers l'un derrière l'autre, on a traversé le parking et on a rejoint la voiture. Mon père a conduit en silence jusqu'à la maison. J'attendais qu'il me parle, qu'il crie, qu'il m'engueule. J'aurais voulu qu'il me demande pourquoi j'avais volé, si j'avais fait exprès de me faire prendre, si je regrettais. Il ne m'a pas interrogée. Il n'a rien dit. Il regardait devant lui comme si la route était la chose la plus importante qui soit au monde. Il a fait comme il fait toujours, comme si ce qu'on a fait, même le pire, n'avait jamais existé…

Il a franchi la grille de la cour et il s'est garé devant le perron, brutalement, faisant crisser le gravier sous les roues. Ses traits étaient impassibles[1]. Je suis descendue, les muscles tendus comme des câbles et j'ai claqué la portière. J'ai fait le tour de la maison et je suis passée par la porte de derrière. J'étais seule. Mon père retrouvait son cabinet et ses patients. Ma mère était absente. Je suis allée jusqu'au buffet de la cuisine, je me suis accroupie et j'ai pris sur l'étagère du bas une boîte de nourriture pour le chat. Je l'ai ouverte, j'ai pris soin de jeter le couvercle à la poubelle et j'ai tout avalé, enfonçant mes doigts dans le magma gluant, l'enfournant, le poussant dans ma bouche avec frénésie. C'était salé, gélatineux, ignoble, mais je me fichais pas mal de ce que j'étais en train d'ingurgiter, de ce qu'il pouvait y avoir d'humiliant à engloutir ma pâtée visqueuse, comme un animal.

Je voulais me faire taire, une bonne fois pour toutes.

Quand la boîte a été vide, j'ai couru aux toilettes et j'ai vomi, par saccades, des trucs immondes. Ça m'a fait mal. Mon estomac était agité de spasmes violents. J'ai eu l'impression que tout allait s'arracher là-dedans. Que ça allait casser définitivement. J'ai paniqué. En voulant me relever, j'ai glissé et mon front a heurté la cuvette. Un claquement sec et dur a résonné à travers les os de mon crâne. Je n'ai pas eu le temps de percevoir la douleur, de crier. Je suis tombée dans les pommes.

C'est ma mère qui m'a trouvée. Elle avait aussi trouvé la boîte vide sur la table de la cuisine. Mes parents m'ont portée dans ma chambre, au premier étage. Quand mon père m'a pansée,

---

1. Impassibles : qui ne laissent voir aucune émotion.

je me suis à moitié réveillée. Il m'a fait une piqûre et j'ai de nouveau plongé.

155   J'ai rêvé, cette nuit-là.

Je marche dans la maison silencieuse. C'est le soir et je vérifie que tout est en ordre avant d'aller me coucher. Soudain, je remarque dans le couloir la porte d'une chambre que je n'ai jamais vue auparavant. Elle est entrouverte. La lumière est allumée à
160   l'intérieur. Je ne suis pas surprise de l'existence de cette pièce. C'est inexplicable, mais je sais qu'elle a toujours été là. Depuis toujours. Ma seule préoccupation pour l'heure est d'éteindre cette foutue lumière. Je m'approche et je passe le bras par l'entrebâillement pour appuyer sur l'interrupteur que je sais être
165   sur le côté, à la hauteur de ma poitrine. Je tâtonne un peu et je le trouve. Satisfaite, j'appuie. Mais au moment où la lumière s'éteint, je sens qu'on m'agrippe et qu'on cherche à m'attirer dans l'obscurité. Affolée, je m'arc-boute pour ne pas être entraînée. Je ne veux pas aller de l'autre côté. Je sais qu'il y a là quelque
170   chose d'indicible, quelque chose d'innommable qui s'y tapit, qui m'attendait depuis longtemps et qui veut m'emporter, me faire disparaître définitivement. On me tire de plus en plus fort. Mes bras commencent à céder. Je me laisse entraîner vers ces ténèbres. Je ne peux rien faire d'autre que hurler…

175   Mes cris ont réveillé mes parents. Affolée, ma mère s'est précipitée à mon chevet. Mon père m'a refait une injection de calmants. Je me suis rendormie, d'un sommeil sans rêves cette fois. Comme je glissais dans la nuit, il m'a semblé qu'il m'embrassait sur le front.

Chapitre 2

Il faisait grand jour quand je me suis réveillée, la tête lourde, avec un goût épouvantable dans la bouche. Je me suis longuement douchée et je suis descendue, les jambes molles. Ma mère était à la cuisine et se préparait du thé. Elle n'a fait aucun commentaire
5   sur ma crise de la veille. Je m'y attendais un peu.

Maman ne souhaitait sûrement pas que je retourne à l'hôpital. Ça fait désordre, une fille de médecin chez les fous ! Et puis, si les psys avaient accepté de me laisser revenir à la maison, c'est que mon état physique ne justifiait plus une hospitalisation forcée.
10   J'étais convaincue de savoir ce que mes chers parents pensaient dans leurs petites têtes de parents comme il faut. *Regagner le centre aurait sans doute risqué de raviver le passé. Qu'était cette malheureuse rechute par rapport à sa dépression des mois passés ? Il fallait qu'Emma retrouve son équilibre. La psychothérapie qu'elle avait accepté*
15   *d'entreprendre devrait lui permettre d'atteindre cet objectif.*

Un programme de rêve…

On a pris le petit déjeuner ensemble, maman et moi. Elle était très élégante dans son nouveau tailleur pied-de-poule [1] et s'agitait, babillait, comme elle le fait toujours quand les événements lui
20   échappent. Elle m'a regardée du coin de l'œil avaler deux tartines beurrées et un bol de lait sucré. Mouvement imperceptible de ses lèvres qui calquaient le mouvement des miennes. Déglutition

---

1. **Pied-de-poule** : tissu imprimé qui présente une sorte de damier.

complice. Plissement satisfait des paupières. Ma mère accomplissait son devoir de mère.

25 Elle alignait les banalités avec une belle constance mais je voyais bien qu'elle n'osait pas me parler franchement. J'ai eu la tentation de balancer mon bol sur son tailleur. J'ai préféré l'attaque frontale.

– Papa t'a raconté, pour hier?

30 Maman a paru soulagée que ce soit moi qui mette le sujet sur le tapis. Elle a tapoté sa coiffure et replacé quelques mèches rebelles avant de répondre :

– Bien sûr. Ne t'inquiète pas, le directeur du supermarché lui a assuré qu'il ne portera pas plainte. C'est un jeune homme
35 très bien, m'a dit ton père.

– Rien d'autre?

Elle m'a fixée d'un air interrogateur.

– Comment ça?

– Ben oui! Tu ne me demandes pas pourquoi j'ai volé ces
40 paquets de gâteaux alors qu'avec le fric que vous me filez je peux en acheter autant que je veux? Tu ne vas pas me dire que ça ne t'a pas traversé l'esprit!

Mes joues étaient cuisantes. Voyant que je m'emportais, ma mère a voulu prendre ma main. Je l'ai retirée sans qu'elle ait eu
45 le temps de la toucher.

– Si je comprends bien, tout ce qui t'intéresse, c'est qu'il ne porte pas plainte. Le reste, tu t'en fous!

– Avec ton père, on a pensé…

– Je ne te demande pas ce que tu as pensé avec mon père, je
50 te demande ce que *toi* tu penses!

Ma mère a pris l'air d'une grosse volaille idiote. Elle tournait la tête de tous les côtés avec une mine effarée. J'ai cru qu'elle allait pleurer. Elle m'a jeté un regard terrifié, comme si j'étais un bourreau qui prenait plaisir à la faire souffrir.
55 – Pourquoi me parles-tu de cette manière? C'est toi qui voles, on ne te punit pas et tu te permets de prendre un ton accusateur.

J'en ai rajouté une louchée, indifférente à ses remarques. C'était presque trop facile.

– Et toi, pourquoi tu ne me demandes pas les raisons de ce vol ? Papa non plus ne m'a rien demandé hier !

– Il a cru bien faire…

– Tu parles ! Il est pas fort en psychologie, pour un médecin.

Maman a secoué la tête. Mes paroles la dépassaient. S'entortillant les mains avec nervosité, elle a lâché :

– Bien ! Alors pourquoi as-tu volé ces paquets de gâteaux, Emma ?

– Pour qu'on m'arrête…

Si je l'avais frappée avec un gourdin, elle n'aurait pas été plus surprise. Elle a dessiné un joli rond avec ses lèvres. J'ai cru qu'elle allait rester pétrifiée, comme ça, avec cette expression imbécile sur le visage, mais elle a laissé tomber, accablée :

– Tu veux aller en prison ?

– T'es bouchée ! Tu ne comprends rien ! Jamais rien !

Je me suis levée et je suis sortie dans le jardin. Le long du mur, les lilas commençaient à fleurir. Je me suis approchée pour sentir leur odeur sucrée. Un instant, j'ai songé que j'allais courir chercher quelque chose à bouffer et m'en remplir jusqu'à éclater. Jusqu'à en crever.

Un bourdon est venu tourner autour d'une énorme grappe mauve, comme si je n'existais pas. Il s'est posé et a commencé à se dandiner de fleur en fleur, dardant une drôle de petite langue élastique et molle qu'il enfonçait tout au fond des calices. J'étais fascinée par son application, ses acrobaties balourdes et obstinées. Je me suis calmée d'un seul coup. J'aurais voulu être comme lui finalement, mener une vie minuscule, sans importance, ignorante d'elle-même et tellement sérieuse pourtant. Sans pensées. Sans passé.

Et puis, comme d'habitude, c'est remonté d'un coup.

C'était il y a un an, j'avais seize ans et demi, pas mal de kilos en plus. J'étais amoureuse. Mamouchka était toujours vivante et je ne connaissais pas encore la violence qui se cachait en moi.

Ma grand-mère partait en lambeaux depuis plusieurs mois.
95   Elle n'avait plus goût à rien, plus de forces, plus d'envies ; elle décrochait doucement malgré les efforts des médecins et nos soins constants. Sa tumeur au cerveau avait été diagnostiquée l'année précédente mais l'opération chirurgicale et la chimiothérapie qui avaient suivi s'étaient vite avérées [1] inefficaces. Pire, le traitement
100 la déglinguait encore plus : Mamouchka maigrissait, vomissait constamment. Sans jamais se plaindre. Son grand âge jouait en sa faveur, nous avait expliqué mon père, et permettrait, peut-être, une évolution lente de sa maladie. J'évitais de me bercer d'illusions. Dans le meilleur des cas, il lui restait un an à vivre.
105 Dans le pire… Quoi qu'on fasse, elle finirait par être emportée. Nous le savions tous. Tous, sauf elle. Le cancer s'était évanoui de sa mémoire. Elle se contentait de déplorer ces fatigues passagères qui lui vidaient le corps et l'esprit.
    J'étais folle de ma grand-mère et je l'admirais beaucoup. C'était
110 une merveilleuse musicienne, comme je ne le serai hélas jamais. Elle avait commencé à étudier le violon très jeune, à Varsovie, sa ville natale, et l'avait enseigné pendant la plus grande partie de sa vie. Mamouchka s'était mise au piano sur le tard, juste après ma naissance, dans le seul but de me l'apprendre. Et puis l'arthrose
115 l'avait peu à peu privée de ses mains. Elle était devenue incapable d'exécuter le moindre morceau. Un jour, elle avait rangé son violon dans son étui et rabattu le couvercle de son clavier, sans regrets apparents, comme une page que l'on tourne. Moi, je continuais à m'user les doigts sur l'aria des *Variations Goldberg*[2].

---

1. **Avérées** : révélées.
2. **L'aria des *Variations Goldberg*** : morceau pour piano de Jean-Sébastien Bach (1685-1750).

120 Pour elle. Rien que pour elle. Parce qu'elle la plaçait au-dessus de tout. Elle m'écoutait, les yeux fermés, attentive à chaque note, à chaque nuance. Quand j'avais fini de jouer, elle posait sa vieille main blessée sur mon bras et disait :

– C'est bien, Emma.

125 Je savais que ce n'était pas vrai, que j'avais joué sans talent, sans grâce, sans esprit. C'était sans importance. Ce qui comptait, c'est que l'on soit ensemble et que le temps nous épargne encore un peu.

Dès que je le pouvais, je lui rendais de longues visites. Dans 130 ces moments-là, je me persuadais naïvement que rien ne pourrait nous séparer. Mais, au fond de moi, quelque chose grattait, fouissait, rongeait sans cesse et une voix mauvaise me répétait : *Oublie-la. Bientôt, tu ne la verras plus.* Parfois, sur sa demande, je passais la nuit avec elle. Mon grand-père, insomniaque depuis 135 des années, restait en bas, dans son bureau, à lire ou à écrire.

Un soir d'avril, nous nous sommes endormies plus tard que d'ordinaire. Nous étions allongées dans le noir et j'avais besoin de m'épancher[1]. Ma grand-mère avait patiemment prêté l'oreille à mes confidences. Je pouvais tout dire à Mamouchka, tout lui 140 avouer, bien plus qu'à ma mère. J'avais abondamment parlé de Julien, mon copain depuis un an, de mes désirs, de mes appréhensions[2], de mes projets. Elle m'avait conseillée comme elle savait si bien le faire.

Ensuite, malgré sa mémoire vacillante, Mamouchka m'avait à 145 son tour raconté des histoires de sa jeunesse, en Pologne, avant la guerre. J'adorais ces récits où elle avait seize ans, elle aussi, ces souvenirs d'un monde que je ne connaîtrais jamais, mort qu'il était depuis si longtemps, emportant avec lui la plupart de ceux qu'elle avait connus : ses parents, Wielki, son professeur 150 de violon, Helena, sa seule véritable amie. Cette nuit-là, je l'avais

---

1. **M'épancher** : me confier, dire mes sentiments.
2. **Appréhensions** : craintes.

accompagnée à Varsovie pour de longues promenades le long de la Vistule, j'avais parcouru en sa compagnie la place du Marché et le damier des vieilles rues qui l'entouraient, puis le Château royal, le palais de Wilanov.

155 Elle n'avait jamais voulu y retourner. Varsovie – elle disait *Warshava* – avait été presque entièrement détruite par les bombardements, en 1944. La ville qui avait été reconstruite n'était plus la sienne. Moi, j'avais l'impression que j'aurais pu m'y promener les yeux fermés. Sa mémoire était la mienne.

160 Tandis qu'elle parlait, la lassitude l'avait peu à peu gagnée, ses phrases s'étaient faites plus rares, plus confuses et elle avait glissé dans le sommeil sans même s'en apercevoir.

J'allais à mon tour m'assoupir quand Mamouchka a marmonné. J'ai reconnu des sonorités familières : elle parlait polo-

165 nais ! Quand j'étais petite, ma grand-mère m'avait chanté des berceuses dans sa langue maternelle. C'était pour moi la langue d'un passé oublié, enfoui, la langue d'ancêtres inconnus, dont j'ignorais quasiment tout.

Brusquement, Mamouchka s'est exprimée en français :

170 – *Jacques, je ne veux plus rester ici. Comprends-moi, je n'en peux plus ! Sais-tu seulement son nom ? Moi, je le sais. Elle s'appelait Eva… Eva Hirschbaum !*

Mamouchka rêvait ! Je ne comprenais rien de ce qu'elle racontait. Qui était ce Jacques avec qui elle croyait converser ? À ma

175 connaissance, aucun de leurs amis ne portait ce prénom et jamais je ne l'avais entendu dans la bouche de ma grand-mère. Elle avait adopté un ton inhabituel, une voix que je ne lui connaissais pas. Suppliante, presque geignarde [1]. D'ailleurs, était-ce vraiment un rêve ou revivait-elle une scène d'autrefois ?

180 Je n'ai pas eu le temps de m'interroger davantage. Ma grand-mère s'est violemment agitée puis s'est adressée de nouveau à son mystérieux interlocuteur :

---

1. **Geignarde** : pleurnicharde.

– Je devrais te haïr mais je n'y parviens pas ! Je veux partir d'ici et oublier ! Jacques, emmène-moi ! Emmène-moi loin de Sobibor, je t'en prie !

185

Elle avait crié. J'ai eu peur que mon grand-père l'entende et s'inquiète. J'ai allumé la lampe de chevet et je l'ai secouée. Doucement d'abord puis de plus en plus fort.

– Mamouchka, réveille-toi… Par pitié, réveille-toi !

190

Elle s'est redressée et a cligné les yeux, éblouie par la lumière. J'ai glissé mon oreiller derrière son dos et je l'ai aidée à s'asseoir. Elle m'a dévisagée sans me reconnaître. Ce n'était pas moi qu'elle voyait. Son regard était ailleurs, très loin d'ici.

– C'est moi, Emma !

195

Je l'ai secouée de plus belle. Elle grelottait, transie de peur ou de froid. Je l'ai entourée de mes bras, la serrant fort contre ma poitrine jusqu'à ce qu'elle se calme.

– Ça va ? ai-je enfin demandé. Réponds-moi !

Ma grand-mère s'est dégagée, a pris ma main et l'a étreinte

200

avec une vigueur qui m'a stupéfiée. On aurait dit qu'elle venait de croiser une armée de fantômes.

– Tu as dit des choses bizarres dans ton sommeil.

L'expression ahurie qui animait ses traits la seconde d'avant s'est immédiatement dissipée. Ma remarque avait allumé une

205

étincelle inquiète dans ses yeux. Mamouchka m'a considérée avec attention :

– Qu'est-ce que j'ai dit ?

– Des phrases sans suite. Un prénom : Jacques. Et puis aussi Eva Hirsch…

210

– Eva Hirschbaum.

Sa voix était à peine audible, mais suffisamment pour que je puisse reconnaître le nom qu'elle avait prononcé. Ce n'était donc pas un cauchemar.

– Exactement ! Qui est-ce ?

215

– Quelqu'un qui a vécu il y a très longtemps et qui a aujourd'hui disparu.

Ma grand-mère paraissait très affectée. Elle a ajouté :

– Elle te ressemblait un peu, *kotku**. C'était une jolie femme, blonde tout comme toi, avec de beaux yeux bruns. Elle avait un petit garçon, Simon…

– Tu les as bien connus ?

Mamouchka n'a pas répondu, comme sous le coup d'une émotion à peine supportable. J'aurais pu en rester là, mais j'ai deviné dans son silence quelque chose de profondément troublant. Je n'ai pas pu m'empêcher d'ajouter :

– Et tu as prononcé un nom bizarre aussi. Un truc comme Sobibor. Tu as dit : *Emmène-moi loin de Sobibor.* C'est où ?

Ses épaules se sont voûtées. Elle a baissé la tête, s'est refermée comme une huître. J'ai tenté de cacher mon embarras. Un gouffre s'était ouvert entre nous. Un abîme infranchissable. J'ai su à cet instant que ma grand-mère allait me mentir, parce que j'avais entrevu un territoire de son passé auquel elle ne souhaitait pas que j'aie accès. Il y avait tant de choses que j'ignorais de ce chaos qu'avait été sa jeunesse : la guerre, la fuite, l'exil. Mais jamais jusqu'alors elle n'avait refusé de me répondre. Et encore moins fait semblant d'avoir oublié.

– Je ne sais plus, *moja drogo***. Tu as dû mal entendre. Il est tard. Il nous faut dormir maintenant.

Je me suis obstinée :

– Et Jacques, qui c'est ?

Elle a tiré les draps sous son nez et a baissé ses paupières.

– Il est mort lui aussi, pendant la guerre… Dors.

Mamouchka m'a embrassée et s'est tournée. J'ai éteint la lampe mais je ne parvenais pas à trouver le sommeil. Les noms de ces gens qui avaient vécu bien avant ma naissance et qui étaient morts depuis si longtemps tourbillonnaient dans ma tête :

---

* « Mon petit chat », en polonais. (*Toutes les notes appelées par astérisque sont de Jean Molla.*)
** « Ma chérie ».

Eva, cette femme blonde comme moi, Jacques, dont j'ignorais tout. Je ne pouvais m'empêcher de penser que, Mamouchka disparue, ils finiraient définitivement oubliés. J'en ai éprouvé un immense chagrin. Ma grand-mère respirait doucement. Je me suis serrée contre elle. Moi, je voulais me souvenir de tout. Ne jamais l'oublier, elle.

Ne jamais l'oublier.

Le lendemain, nous avons déjeuné en compagnie de mon grand-père. Mamouchka n'a fait aucune allusion à son «cauchemar» de la nuit et j'ai respecté son silence. En milieu de matinée, ils se sont rendus à l'hôpital pour sa séance de chimio. Je suis rentrée chez nous à pied, après une promenade le long des remparts. Les noms de la nuit me hantaient toujours. J'étais insatisfaite. Qui était ce Jacques? Qu'était-il arrivé à cette Eva Hirschbaum? Plus tard, je suis allée fouiner dans l'encyclopédie de mon père. J'ai cherché Sobibor et j'ai trouvé.

C'était bien chez elle, en Pologne.

Le bourdon a repris son vol lourd et sonore. Il a tourné deux fois autour de moi, comme s'il voulait me dire adieu et puis il a disparu. Maman m'observait par la fenêtre de la cuisine. Elle m'a adressé un petit signe de la main auquel je n'ai pas répondu. J'ai tendu mon visage vers le soleil. J'avais soif. De lumière, de chaleur.

Chapitre 3

Je dirai en temps voulu comment je suis entrée en possession du journal de Jacques Desroches. Au début, je l'ai lu par curiosité, avec le sentiment de commettre une simple indiscrétion. Sans le savoir, j'étais comme la femme de Barbe-Bleue : j'ignorais quel
5 monstrueux placard je venais d'ouvrir. Ce récit, je l'ai lu et relu. Je m'en suis remplie jusqu'à la nausée, sans faiblir.

Pour comprendre…

Pour comprendre quoi ?

Journal de Jacques Desroches

10 *20 janvier 1942*

Ce journal n'a pas l'ambition d'être exhaustif [1]. J'ai décidé de le tenir en pointillé : j'y noterai mes idées et les événements marquants de ma nouvelle vie. À mon intention dans un premier temps, à l'usage des autres par la suite, s'ils estiment pouvoir y
15 puiser de quoi alimenter leur réflexion sur ce que les hommes de ma génération ont jugé bon et utile de faire.

Si, comme cela est probable, je meurs au front, je souhaite qu'il soit remis à ma mère : elle y retrouvera ma voix. J'espère enfin que ces mots qui lui sont destinés apaiseront son chagrin.

---

1. **Être exhaustif** : tout raconter.

20 Qu'elle sache que mes choix ont été faits sereinement, avec la conscience pleine et entière des risques encourus.

Le 11 décembre dernier, l'Allemagne et l'Italie ont déclaré la guerre aux États-Unis. Presque dans le même temps, l'armée du Reich a connu de sérieux revers face aux armées de Staline.
25 La Wehrmacht a dû battre en retraite. Hésiter n'est plus de mise. J'ai, par conséquent, pris la décision de m'engager dans la Légion des volontaires français*. Je pars dans quelques heures. J'ai enfin trouvé le courage de me battre, de défendre les idées auxquelles je crois. Ainsi, mon combat ne restera pas un simple
30 combat de mots. Je troque la plume contre le fusil, voilà tout. Doriot** approuvera mon geste, lui qui estime mes articles au point de m'avoir poussé à les publier. Son engagement sur le front russe, l'an dernier, m'a montré la voie, et mes convictions trouvent aujourd'hui dans cet acte leur aboutissement logique.
35 Ce soir j'ai annoncé mon départ à ma mère. Depuis la mort de mon père, elle est ailleurs, murée dans son silence, plus lointaine qu'elle ne l'a jamais été. Elle n'a aucunement cherché à me dissuader. Depuis toujours elle partage mes idées sur la gangrène démocratique[1] qui était en passe de corrompre définitivement
40 notre nation. Mon engagement est aussi le sien. Elle ne pouvait qu'y souscrire. Elle m'a promis d'écrire à Konrad von Lebbe, que mon père appréciait tant, afin de lui faire connaître mon arrivée prochaine en Allemagne et lui demander s'il peut quelque chose pour moi.
45 En l'embrassant, j'ai éprouvé le sentiment fugace, déchirant, que je ne la reverrai jamais. Je suis monté dans ma chambre

---

* LVF : Légion des volontaires français contre le bolchevisme. Créée en juillet 1941, elle fut intégrée à l'armée allemande et combattit sur le front soviétique.
** Jacques Doriot (1898-1945), homme politique français. D'abord secrétaire général des Jeunesses communistes, membre du comité central, il fut exclu du parti communiste. Il évolua vers le fascisme. Il contribua à la création de la Légion des volontaires français (LVF) et collabora avec l'Allemagne.
1. Gangrène démocratique : Jacques Desroches pense que la démocratie est une maladie dangereuse qui pourrit son pays.

pour préparer mes affaires, c'est-à-dire presque rien. J'ai ensuite
parcouru avec émotion toutes les pièces de notre maison, cette
maison où je suis né, où j'ai passé toutes les années de ma jeu-
50 nesse, où mes convictions se sont forgées au contact de mon père
et de ses amis. Je suis allé me recueillir sous le vieux chêne, au
fond du parc, celui que tant de générations de Desroches ont
vu grandir et s'épanouir.

Il était là, solide, imperturbable, accroché à ma bonne terre de
55 France, s'en nourrissant depuis si longtemps qu'il en est devenu
l'incarnation dans notre famille. J'ai passé mes mains sur son
écorce, en éprouvant la rugosité, cherchant à y puiser la force
dont j'aurai bientôt tant besoin. J'ai pensé que je serai peut-être
mort dans quelques semaines ou quelques mois. Qu'importe. Je
60 n'ai plus rien ni personne à attendre ici. Je préfère mourir avec
les honneurs au cours d'une bataille plutôt que tomber à mon
tour sous les balles des misérables qui ont assassiné mon père
au prétexte qu'il coopérait avec les Allemands, quand il n'avait
que l'intérêt national en tête.

65 Je vais me hâter d'oublier, malgré que j'en aie. Il ne sert à rien
de s'encombrer du passé. Un monde nouveau renaîtra des cendres
du nôtre. Un monde jeune, plus fort, plus sain, épuré de ce qui
le souille. Y aurai-je ma part ? Serai-je de ceux qui contribueront
à sa naissance ? Je le souhaite et je m'y emploierai.

70 *6 février 1942*

Après un bref passage à Versailles, dans la caserne Borgnis-
Desbordes*, où j'ai retrouvé avec plaisir d'autres jeunes gens qui
portaient, comme moi, la chemise bleu sombre des doriotistes,
je suis enfin arrivé à l'*Ausbildungslager* de Sennheim** en Alsace.
75 Nous avons été accueillis chaleureusement. Avouons que peu de
Français ont, pour l'instant, le courage de s'engager aux côtés des

---

* Où l'on regroupait les «candidats volontaires» à la LVF.
** Camp de formation des volontaires européens de la Waffen-SS entre 1941 et 1944.

Allemands dans le combat pour le renouveau et la civilisation. Je veux dire dans le combat réel, celui où l'on risque sa peau.

J'ai le sentiment d'avoir retrouvé ici une seconde patrie. L'Al-
80 lemagne nous montre la voie vers l'avenir. Comment ne pas être fasciné par l'ordre, la discipline, l'énergie incroyable de ce peuple ? Comment ignorer sa jeunesse, sa ferveur, son aptitude à se dominer, sa volonté de puissance ? J'ai repensé à cette phrase de Michelet* que mon père aimait tant à mentionner : « Le monde
85 germanique est dangereux pour moi. Il y a là un tout-puissant *lotos*** qui fait oublier ma patrie. »

Ai-je goûté au *lotos* ? je le crois volontiers. J'aspire à un monde nouveau, débarrassé de ses scories[1]. Le peuple allemand me semble être celui qui en permettra l'avènement.

90 *8 février 1942*

Que dire des jours qui ont passé depuis mon engagement ? Ils se sont écoulés comme dans un rêve. J'ai trouvé une fraternité vraie chez mes compagnons de combat. Nous partageons le même idéal européen. Nous allons nous battre pour la régénérescence
95 de nos peuples, pour une Europe nouvelle, guérie de ses lèpres. Peut-on imaginer cause plus noble ?

Notre moral est au beau fixe. Les exploits de Rommel*** à al-Gazala et Bir Hakeim[2] nous ont fait chaud au cœur et nous confortent dans l'idée que l'Allemagne gagnera cette guerre.
100 La plupart d'entre nous vont partir sur le front de l'Est afin de lutter contre le bolchevisme[3] et s'employer à l'abattre

---

* Jules Michelet (1798-1874), historien et écrivain français.
** Dans *l'Odyssée*, drogue qui fait perdre la mémoire aux compagnons d'Ulysse.
*** Erwin Rommel (1891-1944), maréchal allemand. Nazi, membre des SA, il commanda l'Afrikakorps (1941-1943) en Libye et en Égypte. Compromis dans le complot des généraux contre Hitler (20 juillet 1944), il se suicida sur ordre du Führer, qui décréta en son honneur des funérailles nationales.
1. Scories : déchets.
2. Al-Gazala, Bir Hakeim : lieux où se sont déroulés des batailles importantes pendant la campagne de Libye, en 1942.
3. Bolchevisme : doctrine des communistes russes.

définitivement. À cet effet, nous recevons une instruction qui me satisfait en tout point. Nous pratiquons un entraînement intensif que je supporte, à mon grand étonnement, sans difficulté. J'ap-
105 prends le maniement des armes, moi qui de ma vie n'avais tenu entre mes mains un instrument plus dangereux qu'un couteau de table et, ma foi, je ne m'en sors pas si mal.

9 février 1942

J'ai eu l'extrême surprise, ce matin, de recevoir la visite de
110 Konrad von Lebbe. Devant son silence, suite au courrier de ma mère, j'avais imaginé qu'il ne souhaitait pas renouer avec moi.

Konrad a beaucoup changé depuis la dernière fois que nous nous sommes rencontrés. Grand, droit, blond, hâlé par l'exercice physique en plein air, c'est un parfait spécimen de ce que
115 la race allemande a produit de meilleur. Il m'est apparu sanglé dans un superbe uniforme noir, visiblement très satisfait de son grade de *Standartenführer*[1]. Il m'a fait admirer les deux éclairs runiques*, blancs sur fond noir, qui sont le signe de l'ordre auquel il appartient, ainsi que la *Totenkopf,* la tête de mort qui
120 orne sa casquette d'officier. Il a fière allure et ne ressemble plus guère au jeune universitaire discret qui avait accoutumé de consulter mon père sur les écrits de Gustave Le Bon** ou de Gobineau***. À l'époque, Konrad étudiait la philosophie et terminait son doctorat en France. Je me souviens de lui comme
125 d'un garçon supérieurement intelligent et cultivé, absolument persuadé de la précellence[2] de la race aryenne sur les autres

---

* Éclairs stylisés adoptant la forme de deux S.
** Gustave Le Bon (1841-1931), médecin et sociologue français; on lui doit le concept de la «psychologie des foules».
*** Joseph Arthur, comte de Gobineau (1816-1882), diplomate et écrivain français. Son *Essai sur l'inégalité des races humaines,* défendant la thèse de la race germanique «pure», a été exploité par les nazis.
1. *Standartenführer* : officier SS.
2. Précellence : nette supériorité.

races. Il avait su néanmoins amadouer mon père en citant cette phrase du comte de Montlosier[1] : « Les Francs furent une sorte d'élite chez un peuple qui fut lui-même l'élite des peuples. »
130 Ainsi, avait expliqué von Lebbe, Français et Allemands n'étaient que les deux branches d'un même tronc, solidement enraciné dans le terreau européen. L'histoire favoriserait nécessairement les retrouvailles des peuples frères.

Konrad avait appris d'amis proches l'assassinat de mon père
135 par un groupe de terroristes français. Il m'a fait part « de sa profonde affliction pour ce drame qui est le mien ». Ce sont ses mots. Il parle un français remarquable, exempt de tout accent et utilise des tournures raffinées et nombre de vocables que je serais comblé d'entendre dans la bouche de mes compatriotes.
140 Je me suis à mon tour exprimé dans sa langue. Il m'a félicité pour l'excellence de mon allemand.

Nous avons évoqué le temps passé, ma famille, nos études respectives. Konrad a fait revivre pour moi ses années à Heidel-berg et à Paris, sa thèse sur Schopenhauer*, son engagement au
145 parti national-socialiste[2]. J'ai été particulièrement impressionné d'apprendre qu'il avait supervisé le programme T4**, qui a fait couler tant d'encre et suscité tant de polémiques avant d'être interrompu, l'an dernier. Il s'est pourtant élevé des voix, en France aussi, pour soutenir ce projet d'euthanasie et d'élimination systé-
150 matique des malades mentaux. Le docteur Carrel et moi-même pouvons nous enorgueillir de nous y être employés.

---

* Arthur Schopenhauer (1788-1860), philosophe allemand. Dans son principal ouvrage, *Le Monde comme volonté et comme représentation* (1818), il a élaboré une philosophie de la volonté.
** Programme d'euthanasie mis en place par les nazis. Il visait tout d'abord les handicapés physiques et mentaux d'Allemagne et d'Autriche. Par la suite, les hommes du programme T4 ont systématiquement éliminé tous les malades séniles, demeurés, fous criminels, malades étrangers ou d'origine raciale «impure».
1. Comte de Montlosier : François-Dominique de Reynaud, comte de Montlosier (1755-1838), royaliste, élu aux États généraux de 1789, il y défendit les privilèges de la noblesse.
2. Parti national-socialiste : parti fondé par Adolf Hitler.

J'ai de mon côté raconté ma khâgne[1], ma licence d'allemand, mes articles publiés dans *Le Cri du peuple* et dans *Au pilori*[2]. Il en a lu certains qu'il a tout spécialement appréciés : ceux dans
155 lesquels je dénonce le lent travail de sape des Juifs, le facteur de contagion qu'ils représentent pour un organisme social sain, leur acharnement à gauchir notre culture et nos institutions, et la nécessité de les éloigner définitivement de toute forme de savoir et de pouvoir. Comme je m'étonnais qu'il ait lu les essais que j'ai
160 consacrés à Vacher de Lapouge* et à Drumont**, il m'a avoué que mon père, qui en était particulièrement fier, les lui avait fait parvenir. Von Lebbe a ajouté qu'il en avait parlé autour de lui et qu'ils avaient été abondamment commentés par d'aucuns, et non des moindres. J'aurais mauvaise grâce à taire que ces paroles
165 ont délicieusement flatté mon amour-propre.

Tout en devisant avec lui, je me suis rendu compte qu'il était remarquablement renseigné sur mon compte. J'en ai bien vite compris la raison.

Konrad m'a confié, sous le sceau du secret, qu'il appartient
170 désormais aux services spéciaux de la Gestapo. Il collabore à des missions ultra-confidentielles et prend ses ordres du *Reichsführer* Heinrich Himmler*** lui-même. Son nom n'apparaît en aucun cas sur les organigrammes. Officiellement, il n'existe pas.

---

* Georges Vacher de Lapouge (1854-1936), théoricien français. Sa doctrine repose sur les principes de la biologie darwinienne : hérédité, sélection, lutte pour l'existence gouvernent l'évolution des sociétés. Il explique que dans les sociétés humaines, les mécanismes de protection sociaux (militaires, politiques, légaux, religieux, moraux, économiques, urbains) induisent une sélection négative et provoquent la disparition des « meilleurs » et la multiplication des « inaptes ».
** Édouard Drumont (1844-1917), journaliste, écrivain et homme politique français. En 1886, il publie un pamphlet antisémite : *La France juive, essai d'histoire contemporaine.*
*** Heinrich Himmler (1900-1945). Proche de Hitler, il dirige la Gestapo et la réunit aux SS en 1936. Chef de la police allemande à partir de 1938, ministre de l'Intérieur en 1943, il organise méthodiquement l'élimination des Juifs, des Tziganes et des opposants au nazisme.
1. **Khâgne** : classe préparatoire littéraire.
2. *Le Cri du peuple, Au pilori* : journaux collaborationnistes.

À ce moment de la conversation, il a regardé sa montre, s'est
175 étonné de l'heure et m'a prié de l'excuser. Il a ajouté, avant de
me quitter :

– Nous nous rencontrerons demain, Jacques. Je souhaiterais
vous entretenir d'un sujet susceptible de vous intéresser.

J'ai immédiatement saisi qu'il se dissimulait un projet d'im-
180 portance derrière ce «sujet» anodin. J'allais lui demander de
m'en faire savoir davantage mais, sur un signe de tête un peu
raide, il m'a abandonné à mes interrogations. Je sens qu'il va
m'être difficile de patienter jusqu'à demain. Je suis sur des char-
bons ardents.

185 *10 février 1942*

J'étais dans un état d'énervement indescriptible quand von
Lebbe m'a fait appeler dans le petit bureau sommairement meublé où il travaillait. Après les politesses d'usage, il en est venu très
rapidement au sujet auquel il a fait allusion, hier.

190 En accord avec ses supérieurs hiérarchiques, il m'a proposé de
participer confidentiellement – au nom de la vieille amitié qui le
lie à ma famille et en raison de ma «formation intellectuelle» – à
un immense projet qui a été décidé par les plus hautes autorités
du Reich, en janvier de cette année. J'ai accepté avec empres-
195 sement et lui ai demandé de plus amples renseignements sur
ce qu'on attend de moi. Von Lebbe est d'abord resté très évasif,
puis il m'a sommairement expliqué la nature du programme
auquel je vais collaborer. Il s'agit, si j'ai bien compris, d'organiser la réinstallation sur les territoires de l'Est de l'ensemble des
200 populations juives du Reich et des territoires occupés.

J'ai été à la fois enthousiasmé et abasourdi par l'ampleur
d'un tel projet, auquel je ne peux qu'adhérer, car il me semble
en tout point conforme aux idées que j'ai défendues dans mes
articles. Ségrégation, exclusion, expulsion : voilà les maîtres mots,
205 la solution définitive ! Il est hors de doute qu'il existe des abîmes
mentaux entre la race sémite et les races européennes, et il ne

nous sert à rien de cohabiter. Les Juifs n'inventent rien, ne créent rien. Ils se contentent de vivre en parasites sur le dos des races qu'ils colonisent. Autant les éloigner et leur influence délétère[1] nous sera définitivement épargnée.

Je lui ai d'ailleurs fait remarquer la convergence de nos points de vue mais il s'est contenté de sourire, avant d'ajouter :

– C'est précisément ce que j'apprécie chez vous, mon cher ! La plupart des engagés dans la LVF sont dans l'ensemble franco-nationaux, petitement préoccupés par la grandeur de la seule France. Ils manquent singulièrement d'ambition et de clairvoyance : or l'union, d'évidence, fait la force. Vous, Jacques, vous préfigurez l'alliance que nous sommes nombreux à souhaiter entre les peuples européens de bonne race. Je ne serais pas surpris que d'ici un an, deux au maximum, les Français de votre trempe puissent incorporer directement la Waffen-SS[2]. Doriot, Darnand*, Mayol de Lupé**, chez vous, en France, s'y emploient. Comme vous pouvez le constater, j'y travaille, de mon côté. Himmler, à qui j'en ai parlé, n'y est pas défavorable. Tous les espoirs sont donc permis et l'avenir vous appartient !

Ces propos m'ont galvanisé. Je suis impatient de pouvoir me mettre à l'œuvre et j'espère me montrer digne de la confiance que von Lebbe me porte car j'ai évidemment accepté sa proposition. J'entre donc, dès aujourd'hui, dans la clandestinité et vais changer d'identité. Je serai désormais Karl Frank, originaire de Strasbourg, de retour au sein du Reich, engagé volontaire dans

---

* Joseph Darnand (1897-1945). Il crée en 1941 le Service d'ordre légionnaire (SOL), mouvement paramilitaire, antisémite, reconnu par le maréchal Pétain. Le SOL devient en 1943 la Milice, qui collabore avec les Allemands et lutte contre la Résistance. Darnand est arrêté et exécuté en 1945.

** Jean Mayol de Lupé (1873-1956). Issu d'une famille aristocratique, homme d'Église, sa haine du bolchevisme le conduit à s'engager dans la LVF comme aumônier militaire dès 1941. Il sera jugé après la guerre pour collaboration avec l'ennemi et condamné à quinze années de réclusion.

1. Délétère : dangereuse pour la santé.

2. Waffen-SS : troupes de choc constituées par les SS à partir de 1940, qui encadrèrent les volontaires étrangers de l'armée allemande.

la Waffen-SS, avec le grade d'*Obersturmführer*[1]. Pour ma famille, mes proches, l'administration française, Jacques Desroches sera occupé à se battre sur le front russe.

235 À la fin de notre conversation, von Lebbe m'a observé avec gravité et m'a dit :

– Mon cher Jacques, vous apprendrez en temps voulu ce que nous attendons exactement de votre part. Sachez cependant que l'honneur que nous vous faisons en vous choisissant lie définitive-
240 ment votre destin au nôtre. Ce pacte que vous signez aujourd'hui comporte des obligations. Nous exigeons obéissance, silence et fidélité absolue. Sachez cependant que nous n'oublions jamais ceux qui nous servent, ni ceux qui nous trahissent, d'ailleurs. Je m'engage personnellement, en mémoire de votre père, à vous
245 donner les moyens de vous protéger et de vous dissimuler, si par malheur nos adversaires venaient un jour à l'emporter sur nous. Ce que la Providence, je l'espère, ne permettra pas.

Konrad s'est interrompu et m'a détaillé avec une acuité extra-ordinaire.

250 – Le sang ne peut mentir, a-t-il poursuivi. Vous avez le phy-sique d'un parfait Aryen. Je vous vois naturellement descendre de ces grands guerriers francs qui ont fondé votre nation, il y a quinze siècles, après leur départ de Germanie. J'espère que vous en avez les qualités morales. Je veux croire que se trouvent
255 en vous le courage et la volonté de tout détruire, de tout brûler, pour refonder un nouvel ordre.

Je l'ai assuré de ma loyauté et de la conformité de nos projets. Il en a paru satisfait. Konrad s'est levé, m'a donné quelques der-nières informations concernant ma destination et a pris congé
260 après m'avoir salué avec beaucoup d'élégance.

Tout cela est bien mystérieux. Je suis comme un enfant qui participe à un jeu merveilleusement excitant. Je ne puis m'empê-cher d'y songer encore et encore et j'éprouve une immense fierté

---

1. *Obersturmführer* : grade équivalent à celui de lieutenant.

d'avoir été élu par les futurs maîtres de l'Europe. Il m'apparaît
265 bien sûr évident que le choix qui s'est porté sur moi n'est en rien
le fait du hasard. Rien n'est innocent chez les nazis. Mes origines
sociales, mes études, ma maîtrise de la langue allemande, mes
convictions, mon histoire personnelle, tout concourt évidemment
à faire de moi un allié fidèle. Je vais donc partir, dans les jours qui
270 viennent, à l'est de Lublin, en Pologne, dans un endroit dont je
n'avais jamais entendu parler auparavant et qui porte un nom
étrange. Un joli nom.

Sobibor.

Un quiz pour commencer

Cochez les bonnes réponses.

❶ *Pourquoi son père vient-il chercher Emma au supermarché ?*
- ☐ Parce qu'ils ont rendez-vous.
- ☐ Parce que la mobylette d'Emma est en panne.
- ☐ Parce qu'elle a essayé de voler des marchandises.

❷ *Comment réagit-il quand il la retrouve ?*
- ☐ Il ne lui parle pas.
- ☐ Il lui fait la morale.
- ☐ Il la gifle.

❸ *Que fait Emma de retour chez elle ?*
- ☐ Elle va voir sa mère.
- ☐ Elle mange une boîte de nourriture pour chat.
- ☐ Elle s'enferme dans sa chambre.

❹ *Que voit Emma dans son rêve ?*
- ☐ Une chambre plongée dans l'obscurité.
- ☐ Une chambre éclairée.
- ☐ Une cuisine pleine de nourriture.

❺ *De quelle origine était la grand-mère d'Emma ?*
 ❑ Française.
 ❑ Allemande.
 ❑ Polonaise.

❻ *En 1942, pourquoi Jacques Desroches s'engage-t-il dans la guerre ?*
 ❑ Il part se battre aux côtés des Allemands.
 ❑ Il devient un collaborateur en France.
 ❑ Il s'engage dans la Résistance.

❼ *De qui Karl Frank est-il le nom de clandestinité ?*
 ❑ De Simon Hirschbaum.
 ❑ De Konrad von Lebbe.
 ❑ De Jacques Desroches.

Des questions pour aller plus loin

👉 Étudier la mise en place du récit

Un mélange de voix

❶ Les premières pages (p. 11-14) font-elles partie du roman ? Que remarquez-vous d'étrange dans leur présentation ?
❷ Que sait-on du narrateur des deux premiers chapitres ? Servez-vous des informations données dans les pages 15 à 29 pour dresser sa carte d'identité (nom, âge, portrait physique, caractère, composition de sa famille, etc.).
❸ Relevez les phrases interrogatives dans les pages 11 à 14. Analysez le recours à l'interrogation dans ce début de roman : qui pose ces

questions, à quel sujet ? Quelles questions reçoivent des réponses, lesquelles n'en reçoivent pas, pourquoi ?

❹ Dans les trois premiers chapitres, quels autres personnages prennent la parole pour raconter leur histoire ? Quelle forme l'auteur donne-t-il à ces prises de paroles ?

❺ Faites la liste des personnages qui restent silencieux ou refusent de parler dans le début du roman. Expliquez leur silence quand c'est possible.

Un mélange d'époques et de lieux

❻ Relevez les indices qui permettent de situer Emma dans le temps et l'espace : s'agit-il d'un monde passé, actuel ou à venir ?

❼ Dès le titre du roman, des lieux que ne connaît pas Emma sont évoqués. À quel(s) personnage(s) du roman sont-ils liés ?

❽ Au chapitre 2, montrez qu'Emma effectue un retour en arrière dans l'histoire qu'elle raconte : à quelle époque la ramène-t-il ? Ce moment est-il important pour l'histoire de la narratrice ?

❾ Retrouvez l'ordre chronologique des événements racontés dans ces premiers chapitres et placez-les sur une flèche chronologique comme celle ci-dessous. (Vous préciserez les pages du roman sur lesquelles vous vous appuyez.)

20 janvier 1942   Aujourd'hui

❿ Quelles sont les deux époques dans lesquelles se déroulent les événements racontés ? Quels personnages, quels objets permettent de faire le lien de l'une à l'autre ?

⓫ À quelle occasion le passé historique fait-il irruption dans la vie d'Emma ? Quels sentiments ressent-elle lors de ces premières révélations ?

Une plongée dans l'abjection

⓬ Sur quelle image s'ouvre le roman ? Relevez les mots appartenant au champ lexical de la maladie et de la souffrance physique (p. 11-12 et 19-21). De qui ces termes décrivent-ils la souffrance ?

⓭ Quelle est la date à laquelle Jacques Desroches commence son journal ? Est-ce une date importante dans la chronologie de la Seconde Guerre mondiale ?

⓮ Jacques Desroches est guidé dans son cheminement par deux personnages importants pour lui : son père et Konrad von Lebbe. Expliquez qui ils sont à partir des indices glissés dans les premières pages de son journal (chapitre 3).

⓯ Quels sont les personnages historiques cités dans les premières pages du journal de Jacques Desroches ? Présentez chacun d'entre eux en quelques phrases.

⓰ Relevez les mots appartenant au champ lexical des sentiments dans les pages du journal de Jacques Desroches. Que nous apprennent-ils sur ce personnage ?

⓱ Le nom de « Sobibor » apparaît à plusieurs reprises dans ces premières pages (p. 11, 13, 27, 28, 29 et 40). Qui prononce ce nom à chaque fois ? Quel sentiment domine dans chacune de ces évocations ?

Rappelez-vous !

Dans un récit, les événements ne sont pas toujours racontés dans l'ordre chronologique. Bien souvent, l'irruption de souvenirs vient éclairer sous un jour nouveau ce qui est en train de se passer. Ce rappel d'événements antérieurs au récit premier s'appelle un retour en arrière (un flash-back dirait-on au cinéma). Inversement, des événements à venir, qui auront lieu ou non, peuvent être imaginés par un personnage : ce sont des anticipations.

De la lecture à l'écriture

Des mots pour mieux écrire

❶ *Dans les premiers chapitres du roman, les personnages expriment des sentiments variés. Retrouvez-les en complétant le tableau ci-dessous : a. Dans la colonne de gauche, indiquez pour chaque citation le sentiment qui est exprimé :* admiration, déception, effroi, fierté, mépris, nostalgie. b. *Dans la colonne de droite, donnez deux synonymes de ce sentiment.*

Sentiment	Citation justificative	2 autres mots ou expressions pour dire ce sentiment
	« Ses yeux se sont attardés sur mes mains et il a réprimé un frisson. » (p. 15)	
	« J'attendais qu'il me parle, qu'il crie, qu'il m'engueule. J'aurais voulu qu'il me demande pourquoi j'avais volé, si j'avais fait exprès de me faire prendre si je regrettais. Il ne m'a pas interrogée. Il n'a rien dit. » (p. 18-19)	
	« Ma mère a pris l'air d'une grosse volaille idiote. » (p. 22)	
	« C'était il y a un an, j'avais seize ans et demi, pas mal de kilos en plus. J'étais amoureuse. Mamouchka était toujours vivante et je ne connaissais pas encore la violence qui se cachait en moi. » (p. 24)	
	« L'Allemagne nous montre la voie vers l'avenir. Comment ne pas être fasciné par l'ordre, la discipline, l'énergie incroyable de ce peuple ? » (p. 33)	
	« J'aurais mauvaise grâce à taire que ces paroles ont délicieusement flatté mon amour-propre. » (p. 36)	

❷ *Précisez à quel champ lexical appartiennent les mots suivants, puis imaginez pour chacun d'entre eux une phrase dans laquelle vous mettrez leur sens en évidence :* déconcerté, interloqué, désarçonné, effaré, stupéfié, abasourdi.

À vous d'écrire

❶ Réécrivez l'épisode du centre commercial en changeant de point de vue : c'est le directeur du centre commercial qui raconte la scène, de la découverte du vol au départ d'Emma avec son père.

Consigne. Vous enrichirez votre récit des réflexions et réactions de cet homme et utiliserez les mots vus dans le second exercice de vocabulaire.

❷ Emma a trouvé le journal de Jacques Desroches, l'a lu et relu et a finalement décidé de l'envoyer à un éditeur pour le faire publier. Rédigez la lettre qu'elle adresse à cet éditeur pour expliquer de quoi il s'agit et le convaincre de publier tel quel ce document.

Consigne. Votre lettre se composera de deux temps : d'abord la présentation du document à publier puis l'argumentation. Vous développerez au moins trois arguments sous la plume de la jeune fille.

Chapitre 4

Ma grand-mère a mis six mois à mourir. Elle est devenue lente, silencieuse et pâle. Les deux derniers mois, son corps s'est ratatiné, son esprit s'est obscurci, ses souvenirs se sont effilochés puis se sont définitivement effacés. À la fin, elle ne vivait plus qu'au présent. J'ai honte de le dire mais elle me faisait peur. Les jours qui ont précédé son agonie ont été épouvantables. Je suis allée la voir deux fois à l'hôpital. Après, je n'ai pas pu. Mamouchka était minuscule dans son lit blanc. Elle ne parlait plus, ne mangeait plus, ne bougeait presque plus, recroquevillée en position fœtale, indifférente à notre présence. Elle avait cessé de lutter et ménageait son souffle, concentrée sur ses derniers instants.

Je ne pouvais supporter l'image de cette momie rabougrie qui avait été ma grand-mère. Mon grand-père restait sans cesse à son chevet, hébété par le chagrin, la berçant, lui parlant comme si elle était lucide.

Ils avaient vécu tous les deux une histoire d'amour hors du commun, comme on en lit dans les romans. Une histoire que j'aurais voulu vivre moi-même. Une sorte de mythe fondateur pour toute la famille et que, enfant, on m'avait raconté un nombre incalculable de fois.

Mon grand-père, Paul Lachenal, était né dans un village de mineurs, près d'Anzin dans le Nord. Il n'avait pas connu ses parents, morts au cours d'une épidémie quand il était bébé. L'unique sœur de son père, Émilie Lachenal, veuve sans enfants, l'avait recueilli et élevé comme son fils. Il avait commencé à travailler

très jeune dans les houillères[1] et, en 1939, à l'instar des jeunes gens de son âge, il avait été mobilisé. Sa tante, qui était sa seule famille, avait disparu fin 1942, dans des circonstances tragiques. Arrêtée sur dénonciation, elle avait été torturée et avait succombé
30 à ses blessures dans les prisons de la Gestapo.

Grand-père avait connu la drôle de guerre*, la déroute, la défaite. Il avait été fait prisonnier et envoyé dans un camp pour militaires. Ensuite, comme il était célibataire et que la main-d'œuvre faisait défaut, on l'avait réquisitionné[2] dans une ferme, puis
35 dans une autre encore, du côté de Stuttgart, afin de remplacer les soldats allemands partis au front. Il ne parlait guère de ces années de captivité, passées à s'épuiser en travaux exténuants. Avait-il honte d'avoir échappé aux combats, d'avoir en quelque sorte collaboré aux desseins de l'Allemagne nazie ? Avait-il le
40 choix de toute façon ?

En 1943, il avait rencontré, dans le domaine où il était ouvrier, enrôlée de force comme lui, une jeune et jolie Polonaise : Anna Wiesckiewa. Et c'est vrai qu'elle était belle, ma grand-mère, sur les rares photos qui nous restent d'elle ! Fine, droite, blonde
45 et dorée. Anna et Paul étaient tombés fous amoureux. Était-ce pour cette raison que mon grand-père n'avait pas été tenté de s'enfuir plus tôt ? C'est ce que tous voulaient comprendre dans notre famille.

En 1945, profitant de la débâcle[3], mon grand-père réussit à
50 fuir en compagnie d'Anna. Au péril de leur vie, ils rejoignirent les troupes américaines, évitant sans trop savoir comment les colonnes allemandes et l'armée soviétique que ma grand-mère redoutait comme la peste. Les deux amants furent recueillis par les Alliés dans un état de délabrement épouvantable, affamés,

---

* Période de neuf mois, pendant laquelle les armées françaises et allemandes restèrent face à face, sans rien tenter.
1. **Houillères** : mines de houille (charbon).
2. **Réquisitionné** : envoyé de force pour travailler.
3. **Débâcle** : déroute de l'armée (ici, il s'agit de l'armée allemande).

55 épuisés, sales à faire peur, mais vivants. Ils se croyaient sauvés, mais les choses n'étaient pas si simples. Sur ordre des autorités, mon grand-père et Anna furent séparés. Lui devait être livré aux Français, qui traquaient les traîtres, les collaborateurs réfugiés en Allemagne. Anna était de peu d'intérêt pour les Alliés et serait
60 remise aux Soviétiques afin qu'ils la renvoient en Pologne. Leurs destins semblaient définitivement scellés. Tant d'amour, tant de dangers partagés et vécus en vain. Ils avaient cru l'un comme l'autre mourir de chagrin.

Grand-père fut ramené en France. Par chance, il avait pu
65 conserver certains de ses papiers militaires et il ne fut pas difficile, au terme d'une enquête administrative, de vérifier son identité et de prouver sa bonne foi. Il était libre désormais, et seul. Six ans avaient passé depuis son départ. Personne ne l'attendait. Sa tante disparue, il ne souhaitait en aucun cas revenir dans
70 le village où il avait vécu. N'ayant nulle part où aller, il vint ici, à Angoulême, un peu au hasard, et trouva du travail dans une usine. Il ne parlait presque jamais de cette époque qui avait dû être la plus douloureuse de son existence. Paul Lachenal menait une vie solitaire, miné par ses années de captivité, sa séparation
75 d'avec Anna. C'est sans doute la lecture qui l'a sauvé. Lui qui n'avait reçu qu'une éducation des plus modestes découvrit les livres et se mit à les dévorer comme un forcené.

C'est au début de 1946 que lui parvint une lettre étonnante. Un fonctionnaire du ministère des Anciens Combattants avait reçu
80 une requête étrange de la part d'un de ses homologues [1] belges. Une jeune Polonaise qui avait parcouru seule, à pied, des centaines de kilomètres, échappant miraculeusement aux contrôles, était parvenue à quitter l'Allemagne et à entrer clandestinement en Belgique pour y demander l'asile. Elle parlait très convenablement
85 notre langue et cherchait à retrouver un certain Paul Lachenal,

---

1. Homologues : personnes faisant le même travail que lui (ici, un fonctionnaire de ministère).

un Français qu'elle prétendait avoir connu dans une ferme en Allemagne et qu'elle présentait comme son fiancé.

Mon grand-père confirma par courrier ce que la jeune femme avait déclaré aux autorités et se rendit sur-le-champ en Belgique.
90 On le conduisit dans l'hôpital où la fugitive se remettait de ses épreuves. C'était Anna ! Ils tombèrent dans les bras l'un de l'autre et jurèrent de ne plus jamais être séparés. On m'a raconté que pendant dix ans peut-être mon grand-père s'est réveillé en hurlant son prénom, persuadé d'avoir rêvé leurs retrouvailles.
95 L'histoire d'Anna était invraisemblable. Profitant de la complaisance d'un soldat américain qui avait relâché son attention au moment opportun, elle s'était glissée hors du convoi qui la conduisait vers les troupes soviétiques. Elle avait erré des mois durant, se dissimulant le jour, marchant la nuit, buvant dans
100 les flaques, volant pour manger. Des paysans l'avaient hébergée pendant quelque temps, puis elle avait repris sa route. Elle avait accompli un immense périple avant d'arriver en Belgique et de se livrer aux autorités. Mon grand-père se rendit à Paris et remua ciel et terre pour ramener Anna en France. Je crois que le fonc-
105 tionnaire du ministère avait été ému par leur histoire et qu'il les aida, prenant certaines libertés avec la loi. Tout était si confus à l'époque. Anna obtint rapidement un permis de séjour, et Paul et elle se marièrent dans les semaines qui suivirent. Ils s'installè-rent tous deux à Angoulême et vécurent d'abord modestement.
110 Mon grand-père, qui n'avait pas eu la chance de faire d'études, décida – influencé par son épouse qui était issue d'un milieu plus aisé que le sien – de suivre des cours par correspondance. Tout en travaillant dur à l'usine, il trouva le courage de passer le brevet, le bac, puis la licence, enfin l'agrégation d'allemand,
115 langue qu'il avait apprise pendant ses quatre années de captivité et pour laquelle il s'était pris de passion.

Paul Lachenal était devenu une figure dans la ville, un homme qu'on citait en exemple. Un modèle de courage et de volonté. De discrétion aussi. Jamais il ne se mettait en avant ni ne cherchait à

120 tirer un quelconque avantage de son passé douloureux. Mamouchka, quant à elle, donnait des leçons de violon et avait rejoint
divers ensembles de musique de chambre locaux. De pauvres,
ils étaient devenus aisés et respectés. La naissance de leurs trois
enfants et les brillantes études qu'ils avaient tous suivies avaient
125 définitivement contribué à inscrire leur légende dans la bonne
société. J'avais toujours vécu avec l'image de ce couple exemplaire pour modèle. Ce qu'il y avait de solide en moi, je le leur
devais. Mamouchka m'avait enseigné la musique, la mesure, la
confiance. Quand les silences de mon père ou les jacasseries de
130 ma mère me pesaient trop, je savais trouver chez elle une écoute
attentive. Quant à mon grand-père, je lui devais mon goût des
mots, mon goût des livres et des idées. J'avais l'impression que
tout le savoir du monde s'était réfugié dans son esprit et que le
simple fait de lui parler me rendrait plus intelligente.

135 Durant les quelques mois qui ont précédé la mort de ma grand-
mère, j'ai suivi pas à pas les progrès de son mal. En apparence, je
demeurais la même, mais plus Mamouchka déclinait, plus je me
repliais sur moi-même. J'ai pris progressivement mes distances
avec mon ami, Julien, trouvant chaque fois de nouveaux prétextes
140 pour cesser de le voir. Mes parents, mon grand-père étaient si
concentrés sur celle qui s'en allait que personne ne s'est rendu
compte de mes difficultés à m'alimenter. Je ne mangeais déjà
plus beaucoup depuis longtemps, obsédée par le régime que
j'avais entrepris. J'ai bientôt été incapable d'avaler la moindre
145 parcelle de nourriture. Je mettais cela sur le compte du chagrin,
sur le compte de mon passé déjà si compliqué.

Si je m'en souviens bien, c'est à l'âge de treize ans que j'ai
pour la première fois décidé de me mettre à la diète. Enfant,
j'étais menue, fine et légère. À la puberté, mes seins ont gonflé
150 et se sont appesantis, mes cuisses se sont remplies, mes fesses
alourdies. Ces transformations m'embarrassaient. Pire, elles me

faisaient horreur. Qui était cette autre qui poussait en moi au mépris de celle que je voulais rester ? Enfin, il y a eu les règles et mon ventre tendu et douloureux chaque mois. J'avais toujours
155 faim. C'était la seule réponse que j'avais su trouver pour apaiser ma peur de devenir une femme.

Un jour, j'ai découvert dans mon miroir le reflet d'une fille trop grosse à mon goût. J'ai décidé de reprendre les rênes en main. Je me suis privée de tout ce que j'aimais : sucreries, gâteaux, choco-
160 lat, pain, charcuterie, fromage. J'ai entrepris un régime sauvage et désordonné. Comme je déjeunais à la cantine, il m'était aisé d'échapper au contrôle de mes parents. Je ne tolérais désormais que les crudités, les légumes verts, les fruits, traquant les calories, les bannissant sans pitié de mon assiette. Le soir, je boudais le
165 dîner, prétextant d'abondants goûters.

J'ai maigri. Beaucoup. Très vite. Trop peut-être. J'étais constam-ment fatiguée, facilement irritable. Mon régime a tourné à la catastrophe. Ma perte de poids excessive et brutale avait provoqué l'apparition de vergetures sur ma peau. J'étais désespérée. Je
170 ne supportais plus mon corps, je me trouvais laide, détestable. J'aurais voulu mourir. Je me suis mise à manger comme quatre, alignant crise de boulimie sur crise de boulimie. Je ne contrôlais plus rien.

J'ai de nouveau grossi. J'avais honte de moi. Au collège, les
175 cours de gym, les sorties à la piscine m'étaient un épouvantable supplice. L'image grotesque que je renvoyais ne ressemblait en rien à la jeune fille que je savais tapie au plus profond de moi : une Emma infiniment mince, infiniment désirable, mais si loin-taine. J'étais mal dans ma peau, ironique ou distante avec mes
180 camarades, souvent angoissée. Je me réfugiais dans le travail scolaire pour oublier la petite musique triste et monotone qui résonnait dans ma tête.

Cette situation a duré deux ans, et puis, vers le milieu de mon année de seconde, j'ai rencontré Julien. Le coup de foudre. Moi
185 pour lui, lui pour moi. Mon ciel était devenu bleu. Il me plaisait,

m'attendrissait, me faisait rire. Dans ses yeux, je me voyais exister. Enfin j'étais jolie ; j'avais oublié mes kilos superflus.

Un beau jour d'avril, un an après notre rencontre, je lui ai demandé, par bravade, comment il me trouvait vraiment. Depuis
190 quelques jours, j'étais perturbée, fragilisée par un je-ne-sais-quoi dont j'ignorais la cause. J'avais peur des paroles que Julien allait prononcer mais c'était plus fort que moi, il fallait que je sache. Mon ami m'a dit qu'il m'aimait et qu'il me trouvait belle. J'ai insisté. Je voulais qu'il soit sincère, le plus exactement sincère.
195 Alors, il a ajouté, en hésitant un peu – je me souviens de chacun de ses mots :

– Tu es peut-être un peu ronde…

Je l'ai haï. Julien s'en est rendu compte. Il ne comprenait plus : c'était moi qui lui avais demandé d'être sincère ! Il a protesté de
200 sa bonne foi. Cela ne changeait rien à ses sentiments pour moi, il m'aimait comme j'étais. Je lui ai jeté comme un défi que, bientôt, il ne me reconnaîtrait plus. J'allais perdre mes kilos superflus, mes bourrelets. Et je le ferais pour lui !

Nous en sommes restés là.

205 Je suis rentrée à la maison. Jamais je ne m'étais sentie si forte, si décidée à me battre. Je me suis plongée dans la lecture de magazines idiots à la recherche de régimes-miracles, j'ai emprunté des livres de diététique à mon père que j'ai dévorés avec passion et je me suis mise à picorer à table. Bien sûr, il m'arrivait parfois
210 de craquer et de me goinfrer en cachette mais, dans l'ensemble, je me tenais plutôt fidèlement à mes engagements. J'ai minci très rapidement. Ma métamorphose était spectaculaire. Je suis devenue svelte, conforme à l'image de celle que j'avais rêvée. Julien était amoureux de moi, les autres garçons de la classe
215 me regardaient différemment. J'étais enfin cette autre que je poursuivais depuis longtemps.

J'éprouvais un plaisir indicible à maîtriser mon appétit et, à mon grand étonnement, j'expérimentais des sensations nouvelles, inhabituelles, clandestines.

220   Ce tiraillement constant du côté de mon estomac était devenu une véritable présence, un vide consenti, une brèche que j'ouvrais dans mon corps, avec le sentiment aigu de tout dominer, de savoir exactement ce que je faisais et où j'allais. Ne plus manger ou manger moins me procurait une brûlure exquise au ventre,
225 comme une attente que je savais pouvoir combler quand j'en aurais le désir. Bientôt, la brûlure m'est devenue plus délicieuse que la satisfaction. J'avais le sentiment d'être habitée. Je n'étais plus du plein recouvert de peau. Je découvrais en moi des abîmes inexplorés, tout un monde d'attentes, d'espaces infinis qui
230 ne m'effrayaient pas le moins du monde, peuplés qu'ils étaient par d'obscurs gargouillis, des protestations de viscères à qui j'apprenais ma loi.

    Rapidement, c'est devenu ma drogue : j'avais besoin de manger rien. Un rien qui devenait la chose la plus essentielle à consom-
235 mer. Un rien désirable. Et j'éprouvais une jouissance démesurée à me laisser remplir de cette absence. Mon estomac vide était le signe de ma liberté. Je n'étais plus asservie à cette dépendance animale qui me faisait horreur.

    Je n'avais pas encore compris que ne plus manger signifie
240 très exactement souhaiter se mettre à l'écart. C'est une sorte de ghetto que l'on s'invente pour soi seul et dans lequel on s'enferme avec un mélange pervers d'aveuglement et de ravissement. C'est une forme de distinction absurde, pour se différencier à tout prix, se dessaisir du banal. On ne peut plus partager ce qu'il y
245 a de commun. On ne peut plus communier dans la célébration des choses mortes. On a le regard qui s'est tordu. On ne voit plus les aliments avec innocence et l'on s'étonne que les autres ne nous suivent pas.

    Je ne sais plus très bien d'ailleurs quand le spectacle des gens
250 qui s'alimentent a commencé à me dégoûter. On n'imagine pas, tant qu'on ne l'a pas éprouvé, ce qu'il y a d'impudeur à manger devant les autres. Moi qui n'absorbais plus rien, ou si peu, j'avais peine à comprendre la satisfaction qui s'affichait sur le visage de

mes parents quand je les voyais enfourner de petits morceaux
de cadavre et qu'ils les mâchaient. Ils en faisaient une bouillie
répugnante avec leurs dents et ils l'avalaient en manifestant des
signes évidents de délectation. Parfois, j'apercevais une gout-
telette de salive à la commissure de leurs lèvres. D'un coup de
langue, ils la faisaient disparaître. Je les trouvais obscènes. Ils
m'écœuraient.

Je n'avais évidemment pas conscience que la situation m'échappait… Je n'ai pas su m'arrêter. Mon poids ne s'est pas stabilisé et
j'ai continué à fondre. En quelques semaines, mes seins se sont
effacés, mon visage s'est creusé, mes désirs se sont affadis. Les
mains de Julien sur mon corps se faisaient hésitantes mais je ne
m'en préoccupais pas. Et j'ignorais ses inquiétudes. D'ailleurs,
nous nous voyions si peu. J'avais voulu entreprendre ce régime
pour plaire à mon ami. Maintenant que j'avais atteint mon but,
je sentais que je me détachais de lui, que je ne l'aimais plus.

J'étais devenue filiforme. Bizarrement, il me semblait que
j'étais transparente pour mes proches. Mes parents, mon grand-
père ne paraissaient s'apercevoir de rien. Seule Mamouchka,
très affaiblie, se rendait compte que j'étais allée trop loin. Je me
souviens de ce jour de fin d'été où je me suis allongée en tee-shirt,
au soleil, et du cri d'horreur de ma grand-mère :

– Que tu es maigre, Emma ! Maigre comme…

Elle s'était interrompue, comme si elle ne pouvait trouver la
comparaison appropriée, considérant avec effarement mes bras
grêles, ma poitrine creuse, mon corps efflanqué. Cet automne-là,
à chacune de mes visites, elle me cuisinait de bons petits plats,
elle me persuadait de mieux manger, pour remplumer mon
corps d'oiselet, comme elle disait. Je m'étais légèrement arrondie,
parce qu'elle le souhaitait. Parce qu'elle m'aimait.

Fin octobre, le cancer de Mamouchka s'est brutalement
aggravé et mon indifférence à l'égard de la nourriture a viré à
l'aversion. J'étais fatiguée, déprimée, inapte à fournir le moindre
effort physique ou intellectuel. Je ne me sentais plus capable de

rester en classe à étudier. Alertés par Julien, avec qui j'avais eu une violente altercation, mes parents m'ont envoyée consulter un spécialiste. Pour la première fois on a nommé ma maladie. Le psychiatre m'a proposé des entretiens hebdomadaires et a jugé préférable de me placer en congé maladie pour une durée indéterminée. Je me suis inscrite au CNED afin de suivre mes cours par correspondance. En fait, j'ai complètement décroché. Mes parents ont tout accepté, avec fatalisme. Le monde s'écroulait autour d'eux.

Un matin de novembre, il y a cinq mois de cela, le téléphone a sonné. Mamouchka venait de mourir. Je me suis laissée tomber sur une chaise et j'ai éclaté en sanglots. Mon père nous a serrées contre lui puis il est parti à l'hôpital. Nous sommes restées à la maison, maman et moi. À un moment, je me suis retrouvée seule dans la cuisine. La panique m'a envahie. Il fallait que je me calme, que je fasse taire mon chagrin, n'importe comment. J'ai couru au frigo. J'ai avalé des cornichons, du chocolat, de la mayonnaise, du fromage, du jambon, les restes du repas, tout ce qui me passait à portée de main. J'ai englouti. C'est la seule chose dont j'étais capable, j'avais épuisé mon stock de larmes.

Bientôt, j'ai dû m'arrêter, au bord de l'explosion. Plus rien ne passait. J'ai senti une nausée irrépressible monter, monter, monter. Le monde tanguait. J'avais le cœur au bord des lèvres, un goût aigre dans la bouche. Mon front s'est couvert de sueur. Tout tournait autour de moi. J'ai couru aux toilettes. J'ai voulu vomir, sans résultat. Alors, j'ai introduit deux doigts dans ma gorge, le plus loin possible et j'ai poussé très fort.

Je me suis libérée. La nourriture à peine mâchée, mêlée de salive a giclé sur la porcelaine immaculée. J'ai regardé ce magma grumeleux dégouliner paresseusement sur la surface lisse et descendre en lents tourbillons jusqu'au fond de la cuvette.

Ça avait été si facile ! Je me sentais bien, légère, un peu essouf-flée mais tellement soulagée. Ma grand-mère était morte. Une part de moi le savait avec une lucidité déconcertante, me laissant écrasée de tristesse.

Mais dans le même temps, une découverte fortuite venait de m'ouvrir de nouveaux horizons. J'avais trouvé le moyen de me délivrer de mes craintes, de mes angoisses. J'avais trouvé le moyen d'exercer un contrôle absolu sur moi-même. J'avais trouvé le moyen de maîtriser ce qui entrait et sortait de moi.

J'étais libre : mon corps m'obéirait désormais.

Qui étaient ces gens à l'enterrement de Mamouchka? Qui étaient ces visages inconnus, ces personnes qui me prenaient dans leurs bras et me présentaient leurs « sincères condoléances » ? De temps en temps, je jetais un regard vers mon grand-père. Il était hagard, serrant les mains sans répondre. J'avais peur de le voir s'effondrer devant nous. Peur peut-être aussi de le voir mourir à la suite de Mamouchka.

C'est moi qui me suis sentie mal en arrivant au cimetière. J'ai eu un éblouissement, mes jambes ont cédé, je me suis évanouie. Un de mes cousins m'a ramenée à la maison. Je suis allée vomir à l'étage et je me suis couchée.

Après l'enterrement, ils sont venus chez nous. J'ai été surprise de les voir, oncles, tantes, cousins, cousines, amis, dévorer comme des ogres, comme s'ils voulaient conjurer cette mort dont ils avaient senti la présence et qu'ils croyaient pouvoir oublier en se gavant de nourriture.

Le soir, la famille et les proches sont repartis. Nous nous sommes retrouvés seuls tous les quatre. Grand-père est resté un long moment sans parler. Mais bientôt, les souvenirs ont fait surface et il nous a raconté d'émouvantes anecdotes du temps passé, les mettant en scène Mamouchka et lui.

Vers onze heures, mes parents se sont levés pour préparer sa chambre. Je suis restée avec lui. Il avait pris mes mains et pleurait en silence. La lumière était très douce. Maman n'avait allumé que les deux petites lampes posées sur la console et le salon baignait dans une atmosphère apaisante, propice aux confidences. Grand-père a dit avec une émotion qui m'a bouleversée :

– Tu lui ressembles tellement.

Ces mots ont réveillé un souvenir en moi, un souvenir indistinct, confus… Puis je me suis rappelé des paroles presque identiques, prononcées par Mamouchka, ce soir où nous avions dormi ensemble. Lui peut-être accepterait de m'éclairer sur ces noms mystérieux que ma grand-mère avait prononcés dans son sommeil.

– Papy, est-ce que tu as connu des gens qui s'appelaient Jacques quelque chose et Eva Hirschbaum ?

Mon grand-père, prostré la seconde d'avant, s'est redressé comme si je l'avais brûlé.

– D'où tiens-tu ces noms ?

Sa voix tremblait. Je ne savais pas si c'était à cause de la surprise, de la douleur ou de la rage. Comme je ne répondais pas assez vite, il m'a saisi l'épaule et m'a secouée. J'ai bredouillé :

– C'est Mamouchka qui les a dits en rêve, un soir qu'on dormait ensemble…

– Elle a ajouté autre chose ?

Il était glacial. Ses doigts s'enfonçaient dans ma chair. J'ai répondu :

– Elle a dit : *Emmène-moi loin de Sobibor !* Et puis arrête de me serrer comme ça, tu me fais mal !

J'ai tiré mon bras en arrière. Surpris, grand-père a relâché sa pression. Sa bouche était ouverte et ses lèvres frémissaient. Lui qui était resté jeune si longtemps ressemblait maintenant à un vieillard. Les rides de son visage s'étaient creusées, ses yeux larmoyants s'étaient teintés de jaune. J'aurais dû avoir pitié de lui et me taire, mais je voulais savoir. J'ai insisté :

– Tu sais qui sont ces gens ? Et Sobibor, c'est où ? Chez elle, en Pologne ?

Mon grand-père a fait un effort pour se reprendre. Sa voix s'est raffermie.

60   – Ces gens, ta grand-mère les a connus en 42, avant notre rencontre. C'est une époque de sa vie que nous avons choisi d'oublier tous les deux, même si ça a été très compliqué. Une époque de sa vie dont elle n'était pas fière et dont je n'ai pas le droit de parler, maintenant qu'elle a disparu.

65   – Mais tu les as connus, toi?

Son visage était sombre. Un masque privé de toute expression.

– Non. Quand j'ai rencontré ta grand-mère, dans la ferme où j'étais prisonnier, ils étaient déjà morts depuis plusieurs mois.

70   – Eva Hirschbaum était allemande?

– Non, elle était juive. Quant à Jacques, c'était un Français, un collaborateur.

J'étais abasourdie. Je me rendais compte que j'ignorais des pans entiers de l'histoire de ma grand-mère. Comme mes parents

75 sans aucun doute. Au-delà du mythe, il y avait eu leur vie réelle et mes grands-parents avaient souhaité en taire certains épisodes. Ainsi, Mamouchka avait été en relation avec une femme juive allemande pendant la guerre. Où? Dans quelles circonstances? Pourquoi? Et Eva justement, qu'était-elle devenue?

80   Compte tenu de ce que je savais concernant cette époque, il n'était hélas pas difficile de l'imaginer. La nausée me gagnait. J'ai balbutié :

– Et Sobibor?

Je connaissais la réponse mais je désirais l'entendre de sa

85 bouche. Il a marqué un temps. Ses yeux étaient loin, comme ceux de Mamouchka, cette nuit où elle avait refusé de me répondre. Mon grand-père a fini par murmurer :

– C'était un camp.

– Un camp de concentration?

90   – Un camp d'extermination.

Sa voix n'était plus qu'un souffle. J'avais envie de pleurer. Sobibor. Ce nom, je le connaissais depuis ce matin où, rentrant de chez eux, je l'avais cherché fébrilement dans l'encyclopédie.

J'avais lu ce que les nazis y avaient fait. Deux cent cinquante mille
95   personnes avaient été assassinées – quel autre mot employer? – à
Sobibor, et leurs corps brûlés pour qu'il n'en reste rien! Ensuite,
les nazis avaient fait disparaître les traces de leur forfait. J'avais été
anéantie par ces horreurs. Qu'est-ce que ma grand-mère avait à
voir avec un camp de la mort? Était-elle juive et, dans l'affirma-
100   tive, pourquoi me l'aurait-on caché? Jacques, Eva Hirschbaum…
Qui étaient exactement ces gens et pourquoi ma grand-mère les
avait-elle fréquentés? Était-ce à Sobibor qu'Eva avait disparu?
J'ai ouvert la bouche pour poser mes questions en cascade mais
mon grand-père m'a interrompue:

105   – Emma, oublie tout ça, je t'en prie! C'est son passé, il ne
t'appartient pas. Ça ne sert à rien de le remuer. Si tu ne le fais
pas pour moi, fais-le pour elle, pour Mamouchka.

Il avait touché juste. J'ai acquiescé. Ils avaient le droit de posséder
des secrets. C'était leur existence après tout. Ma grand-mère ne
110   nous avait pas tout raconté et ce que savait mon grand-père était
certainement lourd à porter. De toute façon, jamais Mamouchka
n'aurait agi de manière condamnable. Je la connaissais trop.

J'ai embrassé grand-père et je suis montée me coucher. Cependant, j'avais conscience qu'il était deux noms que je ne pourrais
115   plus oublier: Sobibor, si chargé de remords, et cet autre, tellement semblable au mien, Eva, dont j'ignorais que je connaîtrais
un jour le destin.

Julien a téléphoné le lendemain de l'enterrement. Il m'avait fait parvenir un mot très gentil l'avant-veille, et je n'avais pas eu le cœur de lui refuser une rencontre. Nous ne nous étions pas vus depuis deux mois. Comme il était peu probable que je retourne au lycée dans l'immédiat, s'il n'avait pas pris l'initiative de passer, nous ne nous serions pas revus de l'année scolaire.

Il avait mauvaise mine. Pâle, amaigri, si différent du Julien d'avant. Je n'ai pas pu m'empêcher de le trouver beau mais sans que cela me pousse pour autant vers lui. Sans que je ressente ce besoin que j'avais, autrefois, de m'abriter contre sa poitrine. Nous étions à des années-lumière l'un de l'autre, pour toujours. Je m'en suis sentie un peu coupable car je savais qu'il ne se remettait pas de notre séparation. Il me l'avait dit, me l'avait écrit tant de fois.

Nous sommes montés dans ma chambre. Je me suis assise sur le lit, lui sur une chaise. Il ne restait plus rien entre nous de notre ancienne intimité. De toute façon, qu'avais-je à lui offrir ? Je me souvenais si bien de son visage la dernière fois qu'il m'avait tenue dans ses bras. J'avais perçu que mon corps le rebutait. Moi, je savais déjà qu'il poursuivait, à travers celle que j'étais devenue, une qui n'était plus.

Pouvait-il le comprendre ? Au fur et à mesure que je perdais du poids, je m'étais allégée de ce qui m'encombrait ; je m'étais désintéressée de ce qui faisait de moi une femme. D'abord, ça

avait été mes seins, puis mes hanches, mes cuisses et mes fesses. Mes règles enfin. Je dissimulais ma maigreur sous des pulls trop larges, des pantalons informes. Ma métamorphose était achevée : j'étais légère, sans désirs, toute tournée vers cette perfection à
30 laquelle je croyais aspirer. J'avais retrouvé ma silhouette étroite de petite fille. Sans ma jeunesse. La peau de mon visage s'était creusée et accusait un âge qui n'était pas le mien.

Les mains de Julien avaient suivi chacune de mes victoires, jusqu'à ce que mes os saillants le dissuadent de me dispenser
35 ces caresses que, de toute façon, je ne désirais plus. Par orgueil, il avait voulu se rendre responsable de ce que j'étais devenue. C'était sa façon de se donner de l'importance. Il ne comprenait pas que je me trouvais très loin de lui.

C'est à cette époque que, dans sa bouche inquiète, j'ai
40 entendu ce nom pour la première fois. *Anorexie.* Une de ses amies d'enfance, m'avait-il expliqué, qui présentait des symptômes analogues aux miens, était en traitement dans un institut spécialisé à Bordeaux. Je devais réagir avant que mon état n'empire.

45 Ainsi, ce qui était un combat pour moi – même si je ne savais pas encore contre qui – était une maladie pour lui. Mes parents ont commencé à réagir, mollement, précisément à cause de Julien qui leur avait fait part de ses inquiétudes. Mon père, si étonnant que cela puisse paraître, n'avait jusqu'alors
50 rien voulu voir. Ils m'ont envoyée consulter chez un de ses collègues. Celui-ci m'a pesée, auscultée, posé tout un tas de questions puis les a reçus en tête-à-tête pour leur faire part de ses conclusions. Ma mère, avec sa maladresse habituelle, m'en a donné un résumé savoureux :

55 – Le docteur Fouquet a été tout à fait rassurant. La situation est certes préoccupante, ma chérie, mais nullement alarmante. Il te faudra être vigilante, c'est tout, bien surveiller tes variations de poids et entamer une psychothérapie. Ce type de pathologie est fréquent chez les adolescentes jolies et intelligentes.

60 Elle avait ponctué cette dernière phrase d'un pincement des lèvres satisfait. C'était bien du maman. J'aurais dû me sentir flattée, j'imagine. Une maladie pour l'élite[1]...

Cette visite m'avait conduite en tout cas à me détacher définitivement de Julien. Lui en voulais-je de s'être mêlé de ce qui
65 ne le regardait pas ? M'étais-je sentie trahie de savoir qu'il avait parlé de ma santé à mes parents sans me demander mon avis ? Peu importait finalement. C'était déjà loin.

Ce jour-là, j'étais touchée de le revoir mais plus troublée encore de me rendre compte qu'il ne représentait plus rien pour moi.
70 J'ai quand même fait l'effort de l'interroger :
– Tu prépares le bac ?
Il a paru soulagé. Peut-être s'attendait-il à ce que j'évoque ma grand-mère. Il la connaissait si peu. Je l'ai laissé parler de nos profs, de ses révisions, de ses projets pour l'année suivante.
75 – Ça ne te gêne pas de redoubler ?
J'ai trouvé cette question stupide. C'était la dernière de mes préoccupations.
– Non. Pour l'instant, la fac ne me tente pas plus que ça. Tu me raconteras quand on se reverra...
80 Julien m'a adressé un sourire triste. Il ne croyait pas un mot de ce que je lui disais. Il m'a demandé avec une mine de victime :
– C'est définitivement fini entre nous ?
– Je n'en sais rien. Le moment est peut-être mal choisi pour en parler.
85 Il a rougi et s'est levé.
– Je ne vais pas t'embêter plus longtemps...
Il aurait sans doute été poli de lui dire qu'il ne me dérangeait en rien, que j'étais contente qu'il soit venu. Il aurait sans doute été poli de le retenir un instant encore. Je ne l'ai pas fait. Pas
90 par méchanceté. Par indifférence simplement. J'avais hâte qu'il

_____

1. Élite : partie supérieure (par la naissance, la culture ou les mérites) d'une société.

s'en aille. Ma vie était entre parenthèses. Julien continuerait sa course. Sans moi.

Il m'a donné un baiser timide sur la joue et je l'ai raccompagné jusqu'à la porte d'entrée. Après, je suis montée à la salle de bains. J'avais besoin de me laver.

J'ai rempli la baignoire. J'y ai laissé tomber quelques gouttes d'un des parfums de ma mère. J'ai enlevé tous mes vêtements, je les ai fourrés dans la panière à linge sale et je me suis glissée dans le bain bouillant avec délectation. Mon visage s'est couvert de sueur et j'ai senti mon cœur battre plus fort dans ma poitrine. D'abord, je me suis allongée en arrière, bras ballants, comme une algue flottant entre deux eaux, indifférente et molle. Ensuite, je me suis savonnée longuement, frottant avec méticulosité[1] chaque centimètre carré de ma peau. J'ai lavé mes cheveux puis je me suis laissée glisser sur le dos jusqu'à ce que mes narines viennent effleurer la surface. Je suis restée immobile, en apesanteur, cédant à une douce somnolence.

Je me suis enfin rincée abondamment, à l'eau froide, jusqu'à ce que je me sente parfaitement propre. J'aurais aimé que le jet d'eau pénètre dans ma tête, qu'il emporte avec lui ma douleur, mes doutes, mes hésitations, qu'il me laisse immaculée[2].

Je suis sortie de la baignoire et je me suis enveloppée dans une serviette. Apaisée.

Anorexie, ataraxie. La similitude des deux noms m'avait frappée, la première fois que j'avais entendu celui qui servait

---

1. Méticulosité : soin, application.
2. Immaculée : sans la moindre tâche.

à définir mon état. Je préférais de loin l'ataraxie des stoïciens[1], dont mon grand-père m'avait entretenue un jour et que je 25 m'efforçais de mettre en pratique.

Ataraxie : absence de trouble. Mon secret pour vivre. Absence de trouble, absence de désir. Désir de manger, de savoir.

Ataraxie, anorexie, oubli. Mon tiercé gagnant.

Je suis debout face au miroir de la salle de bains. Je l'essuie 30 pour en ôter la buée puis je me dégage de ma serviette qui tombe à mes pieds. J'observe mon reflet.

Mes pommettes sont lisses et dures. Mes cheveux, plaqués en arrière, soulignent la forme nette de mon menton. Mes yeux, à peine cernés de mauve, sont vifs et brillants. 35 Mon cou est mince, veiné de bleu. Plus bas, on distingue les tendons qui viennent fermement s'arrimer sur le haut de mon torse. Les lignes de mon corps sont dures et nettes. Mes côtes dessinent des courbes bien marquées, que ne dissimule aucune chair. Mes seins ont fondu. La peau est tendue sur 40 ma poitrine comme celle d'un tambour. Nul renflement sur mon ventre dont j'éprouve la merveilleuse fermeté du bout des doigts. Mes hanches, mes cuisses sont menues, sèches. Si je me tourne, je sais que le bas de mon dos est plat. Plus de rondeurs, plus de fesses.

45 Je ne possède rien à cacher. Je me suis débarrassée de ce qui parasite un corps de femme : l'excès de chair, la graisse, la peau qui se modèle en courbes tendres et le sang qui coule, chaque mois. Seule l'ombre brune, obscène, au bas de mon ventre témoigne de ma féminité.

50 Je lève mes mains à hauteur de mes yeux. Elles sont longues et fines, élégantes. Mes ongles dessinent des demi-lunes nacrées à l'arrondi parfait. Ce corps, c'est moi qui l'ai façonné, qui l'ai épuré. Je l'ai corrigé, domestiqué, plié à ma volonté.

---

1. Stoïciens : école de philosophie fondée à Athènes au IIIe siècle avant J.-C. et prônant en particulier l'acceptation de la douleur.

Assujetti. Je tends vers l'absolu, je suis sans âge. Je ressemble
maintenant à ces personnages lunaires des peintures médiévales : androgynes, longilignes et pâles.

Je me trouve belle.

J'ai ressenti, à cet instant précis, un mouvement de colère à
l'égard de Julien. Il avait honte de moi, à la fin de notre relation. Il
ne pouvait pas comprendre que je cherchais précisément à m'exclure, et à l'exclure, par la même occasion, de mon histoire.

J'avais peur. Car quelque chose était en train de se faire jour en
moi. Quelque chose du passé de ma grand-mère que j'ignorais et
qui pourtant m'horrifiait. Quelque chose d'assez honteux peut-
être, pour qu'elle ait pu me mentir et emporter son secret dans
la tombe, m'abandonnant à mes interrogations, mon désarroi.

Ma faim.

Mon grand-père s'est installé pour quelque temps chez nous. La grande maison des remparts l'insupportait. Il ne trouvait pas la force d'occuper ces lieux que Mamouchka et lui avaient habités. Son humeur était sombre, morose. Avec moi, il se montrait distant, évitant toute conversation intime. Avait-il peur que je l'interroge à nouveau sur le passé de Mamouchka, que je cherche à savoir ce qu'elle avait dissimulé tout au long de son existence ? Jamais je ne me le serais permis. Mes grands-parents étaient des gens exceptionnels. Leur vie avait servi de modèle à bon nombre de leurs amis. On les citait pour leur droiture, leurs qualités humaines. J'étais fière d'eux.

Mes difficultés étaient toujours venues de mes parents. Je ne pouvais m'empêcher de considérer ma mère comme une bécasse un peu obtuse [1], incapable de penser par elle-même, toujours en attente des avis de mon père, « le docteur », comme elle l'appelle parfois, ce qui m'agace au-delà de toute mesure. L'avait-elle d'ailleurs épousé parce qu'elle l'aimait ou bien parce qu'il était médecin ?

Quant à mon père ? Comment savoir ? Il n'a jamais été très fort pour s'épancher. Ses deux frères ne lui ressemblent pas. Mes oncles sont ouverts, chaleureux, brillants en société. Papa a

---

1. Obtuse : qui comprend très lentement.

cependant la réputation d'être un excellent médecin, taciturne[1] certes, mais au diagnostic sûr.

Je suis leur seul enfant et je le regrette. J'ai souvent le senti-
ment que nos moments les plus heureux nous les avons vécus lorsque j'étais petite, quand je ne voyais en eux que des êtres hors du commun, des géants protecteurs et tout-puissants. Mes parents.

Quand à l'adolescence l'édifice s'est brusquement fissuré, ma mère m'est apparue dans toute sa médiocrité et il m'a semblé que mon père me reprochait silencieusement de m'être éloignée de lui, d'être devenue en catimini une femme et non plus sa fille.

Pauvre papa! Depuis plusieurs mois, j'étais redevenue sans grâce, mais mon enfance retrouvée ne nous avait hélas pas rap-
prochés. Avec mes fesses et mes seins, la tendresse était partie aussi. Et ma naïveté…

Dans les derniers jours de novembre, un samedi matin, ma mère m'a proposé d'aller ranger les affaires de Mamouchka. J'étais pour maman l'auxiliaire idéale… Depuis la mort de ma grand-mère, j'offrais l'image de l'équilibre le plus parfait. Je faisais face avec un courage que ma famille ne me supposait pas.

En réalité, je mettais tout mon talent à abuser ceux que je côtoyais, psychiatre compris. Dès que mes angoisses se faisaient trop pressantes, je courais me goinfrer. Jusqu'à la nausée. Personne n'imaginait que l'intégralité de mon argent de poche finissait en nourritures vite avalées, vite vomies. Personne ne remarquait les restes qui disparaissaient, les boîtes de conserves qui s'évapo-
raient, les paquets de gâteaux qui se volatilisaient. Dans le même temps, je maigrissais et mes vêtements amples dissimulaient à la perfection mes membres et mon corps décharnés.

Nous sommes parties ensemble pour la maison de mes grands-
parents, sur les remparts. C'est une immense bâtisse en pierre

---

1. Taciturne : qui parle peu.

de taille, entourée de parterres de rosiers auxquels Mamouchka
accordait tous ses soins. Maman était émue d'y revenir. Ses mains
55 tremblaient quand elle a ouvert la porte. Nous sommes entrées. Il
faisait frais mais pas froid. Le chauffage tournait au ralenti depuis
que grand-père n'y habitait plus. Ici, tout m'était familier : l'odeur
de cire et de fleurs séchées, les parquets luisants, les meubles de
bois sombre, les tapis, les hautes bibliothèques dans le bureau
60 de mon grand-père où, petite fille, j'adorais rêvasser.

– Je vais à la cave chercher des cartons, m'a dit ma mère.

En l'attendant, je me suis rendue dans le petit salon. Le piano
dormait dans son coin, pour toujours sans doute. Je ne me sentais plus le désir ni la force de poser un jour mes doigts sur un
65 clavier. Sur le pupitre était ouvert un cahier. Ce ne pouvait être
que mon grand-père qui l'avait placé là. Lorsqu'elle s'était sentie
incapable de jouer, Mamouchka avait réuni ses partitions, les
avait classées, m'en avait offert certaines, annotées de sa main,
avait soigneusement rangé les autres puis les avait oubliées. Du
70 moins était-ce ce qu'elle prétendait.

Je me suis penchée et j'ai déchiffré les premières mesures :
c'était la grande chaconne de la *Partita* n° 2 [1] pour violon seul,
que je lui avais réclamée tant de fois, et qu'elle exécutait si merveilleusement bien. Je me suis souvenue de ce jour où, pour moi
75 seule, elle l'avait interprétée avec une bouleversante émotion.
Elle m'avait dit, dans son français si raffiné, tout parsemé de
rythmes et d'accents inattendus :

– Dans cette chaconne, Emma, il y a toute la douleur que je
ne saurai jamais plus exprimer avec des mots.

80 Au-delà de l'apparente banalité de cette phrase, du propos
convenu, il m'avait semblé y déceler un sens qui m'échappait,
mais qui était bien là, comme une ombre portée sur ses paroles.
Je lui avais demandé à quelle douleur elle pouvait bien faire

---

1. **La grande chaconne de la *Partita* n° 2** : morceau pour violon de Jean-Sébastien
Bach.

allusion, elle qui était l'image du bonheur accompli. Elle s'était
85 contentée de me répondre avec un sourire triste :

– On ne peut pas oublier son passé, *koteczku**, même si aujourd'hui
je suis tellement heureuse.

Une porte a claqué au fond du couloir. Ma mère revenait.
Je suis allée à sa rencontre. Elle portait deux grandes boîtes en
90 carton. Je lui ai offert de l'aider mais elle a refusé. Nous avons
gagné la chambre de mes grands-parents. Maman m'a proposé
de commencer par les vêtements de Mamouchka. Nous avons
ouvert la grande armoire. Pour la première fois depuis sa mort,
j'ai failli pleurer. J'ai couru aux toilettes, j'ai enfoncé mes doigts
95 tout au fond de ma bouche et j'ai essayé de vomir.

Je suis retournée dans la chambre. Ma mère disposait avec
soin les vêtements de Mamouchka dans les cartons. Elle reniflait
en s'activant et, bientôt, de grosses larmes ont roulé sur ses joues.
Pleurait-elle la mort de sa belle-mère ? Pensait-elle qu'un jour ce
100 serait moi qui mettrais ses vêtements dans des boîtes d'où ils ne
sortiraient jamais plus ? Je l'ai aidée à plier les corsages, les jupes,
les robes, les sous-vêtements. J'avais la tête vide, je sentais dans
mes mains ces choses flasques, comme mortes, luttant contre
l'envie de m'enfuir à toutes jambes. Pourtant, je ne manifestais
105 rien ; je pliais, rangeais, pliais, rangeais, comme une machine
bien réglée.

Bientôt, les cartons ont été pleins. Maman est partie en chercher
d'autres. Je suis montée sur une chaise pour attraper une pile de
vieux corsages aux teintes passées, placés, je ne sais pourquoi,
110 sur la plus haute étagère. J'ai glissé mes mains par-dessous pour
pouvoir les soulever d'un coup mais je me suis arrêtée. J'avais
rencontré quelque chose sous les vêtements. J'ai tâtonné un peu.
Saisissant l'objet entre deux doigts, je l'ai tiré à moi. C'était un
cahier, un cahier d'écolier de couleur verte. Intriguée, je l'ai

---

* « Mon tout petit chat. »

115 ouvert. J'étais sur le point d'appeler ma mère mais j'ai lu, sur la première page : *Journal de Jacques Desroches.*

Ma respiration s'est bloquée. *Jacques,* le prénom que Mamouchka avait prononcé dans son sommeil ! Cet homme dont mon grand-père ne souhaitait pas entendre parler ! Les pas de maman 120 ont résonné derrière moi. Alors, avant qu'elle ne puisse voir ce que je faisais, j'ai soulevé mon pull et mon tee-shirt, j'ai enfilé le cahier dans mon pantalon, bien calé entre le tissu et ma peau, et j'ai rajusté mes vêtements.

Ensemble, nous nous sommes remises à l'ouvrage, vidant 125 méthodiquement l'armoire de la présence de ma grand-mère. J'avais l'impression de la trahir mais en même temps, je la sentais bien chaude, blottie contre mon ventre. Mamouchka avait connu ce Jacques Desroches. Si elle avait conservé ce journal, c'est qu'il comptait pour elle. Il y avait même de grandes chances pour que 130 cet homme y parle d'elle. Bientôt, je saurais ce qu'avait été son existence. Avant nous. Avant mon grand-père.

Un quiz pour commencer

Cochez les bonnes réponses.

❶ *D'après ce qu'il dit, où le grand-père d'Emma a-t-il rencontré sa femme ?*

❒ Dans un camp de travail en Autriche.

❒ Dans une ferme en Allemagne.

❒ Dans un camp pour prisonniers de guerre en Pologne.

❷ *Pourquoi le couple des grands-parents semble-t-il une figure idéale ?*

❒ Leur amour a été très fort.

❒ Ils ne se sont jamais quittés après leur rencontre.

❒ Ils sont devenus des gens importants de la bonne société d'Angoulême.

❸ *Qui a vu en premier qu'Emma était malade ?*

❒ Sa mère.

❒ Sa grand-mère.

❒ Julien.

❹ *Comment Emma juge-t-elle son corps anorexique ?*

❒ Elle le trouve laid, sans forme.

❒ Elle l'aime, il est le signe de sa maîtrise sur elle-même.

❒ Elle le déteste, il est la preuve qu'elle est devenue une femme.

❺ *Quels rapports Emma entretient-elle avec ses parents ?*

❒ Elle les admire et a peur de les décevoir.

❒ Elle critique sa mère mais est restée très proche de son père.

❒ Elle juge sévèrement sa mère et s'est éloignée de son père.

❻ *Comment le grand-père d'Emma réagit-il quand elle évoque Sobibor ?*

❒ Il lui dit qu'elle comprendra plus tard.

❒ Il ne dit rien.

❒ Il réagit violemment et la secoue.

❼ *Pourquoi la grand-mère d'Emma aimait-elle la grande chaconne de Bach ?*

❒ C'est un morceau qui lui rappelait son enfance.

❒ C'est le morceau qu'Emma jouait le mieux.

❒ C'est un morceau qui permet d'exprimer une douleur indicible autrement.

❽ *Quel souvenir Emma rapporte-t-elle en cachette de chez sa grand-mère ?*

❒ Un vêtement ancien.

❒ Un cahier d'écolier.

❒ Un livre pour enfant.

Des questions pour aller plus loin

☞ Étudier le rôle de l'histoire familiale dans la construction du personnage d'Emma

La progression de la maladie

❶ Relevez dans le chapitre 4 (p. 51-56) les notations permettant de faire un portrait physique d'Emma à différents moments de son adolescence. Comment Emma explique-t-elle les différentes étapes de son évolution ?

❷ Quel regard Emma porte-t-elle sur son corps anorexique dans les chapitres 6 et 7 ? Justifiez votre réponse en relevant les marques du jugement qu'ell porte sur elle-même.

❸ Quels autres personnages réagissent en voyant le corps d'Emma ? Quel regard portent-ils sur lui ?

❹ Le récit est rétrospectif : Emma raconte des événements passés. Les chapitres 4 à 8 portent-ils des traces du regard qu'elle jette *a posteriori* sur elle-même ? Comment se juge-t-elle alors ?

Le poids du silence

❺ Faites la liste des personnages qui se taisent ou cachent quelque chose aux autres dans les chapitres 4 à 8 ? Quels personnages échappent à ce silence ?

❻ Pourquoi la grand-mère ne finit-elle pas sa phrase devant la maigreur d'Emma (p. 55) ? Quelle est la fin attendue de cette comparaison ?

❼ Comment Emma avait-elle interprété l'interruption de cette comparaison ? Quelle autre raison peut-on donner au silence de la grand-mère ?

❽ Quels noms prononcés par Emma font réagir violemment son grand-père ? Dans les pages 60-61, quelles informations donne le grand-père sur le lieu et les personnes évoquées par ces noms ?

❾ Quels arguments donne le grand-père pour ne pas raconter à Emma le passé de sa grand-mère ? Relevez les phrases qui contiennent ces arguments et reformulez-les.

L'histoire des grands-parents,
un conte des origines (p. 47-51)

❿ Relevez les termes appartenant au champ lexical de l'invention dans les pages 47 à 51.

⓫ Que sait-on de la vie des grands-parents avant leur rencontre ? Cela correspond-il à une situation initiale de conte ?

⓬ Quels sont les différents obstacles qu'ils ont rencontrés ?

⓭ Décomposez et expliquez le sens de l'adjectif « invraisemblable » qui caractérise la fuite d'Anna pour retrouver son fiancé. Sur quel aspect de cette histoire cet adjectif insiste-t-il ?

⓮ Quelle est la situation finale de ces deux personnages ? Répond-elle aux exigences du conte ?

⓯ Quels sont les différents temps utilisés dans ce passage ? Justifiez leur emploi.

Rappelez-vous !
Quand un personnage est décrit, il peut être montré tel qu'il apparaît, de façon neutre : c'est un portrait objectif. Mais il se peut aussi que le narrateur émette un jugement, valorisant ou dévalorisant, sur lui : c'est alors un portrait subjectif.

De la lecture à l'écriture

Des mots pour mieux écrire

❶ Quel champ lexical regroupe les mots suivants : mythe, légende, abuser, prétendre, dissimuler **? Complétez-le en proposant deux autres noms et deux autres verbes puis employez six des mots de ce champ lexical dans une phrase qui en éclaire le sens.**

❷ Retrouvez dans la grille ci-dessous huit mots du champ lexical de la maigreur. (De gauche à droite et de haut en bas.)

A	D	I	E	S	D	X	S	G	G	E	M	T
C	E	R	F	I	L	I	F	O	R	M	E	Q
J	C	R	F	B	O	D	G	O	E	X	V	U
X	H	A	L	B	N	F	S	E	L	M	L	I
R	A	M	A	I	G	R	I	T	E	D	B	S
Z	R	E	N	S	I	V	A	D	F	O	R	V
C	N	R	Q	D	L	Q	C	R	E	U	S	E
M	E	N	U	X	I	T	Z	V	Y	A	B	L
E	T	U	E	X	G	E	A	C	R	T	L	T
A	R	D	B	A	N	D	R	O	G	Y	N	E
Q	E	H	Y	H	E	L	T	C	J	E	N	T

À vous d'écrire

❶ « Tu es peut-être un peu ronde… » Julien vient de céder aux questions d'Emma et lui a dit ces mots. Imaginez un dialogue au cours duquel les deux personnages échangent leurs arguments à propos de ce reproche et de l'obligation d'être mince pour se trouver beau.

Consigne. Vous rédigerez un dialogue argumentatif dans lequel chacun des interlocuteurs développera au moins deux arguments. Vous utiliserez le champ lexical de la maigreur, employé de manière négative ou positive, selon le point de vue défendu.

❷ La grand-mère d'Emma était musicienne et pensait que certaines musiques permettaient d'exprimer des sentiments intenses mieux que les mots. Pensez-vous aussi que la musique ait ce pouvoir ?
Consigne. Vous développerez deux ou trois arguments pour soutenir votre position et vous donnerez des exemples.

Du texte à l'image

➡ Meyer, *Portrait d'une adolescente*, 2008.
(Image reproduite en couverture.)

👁 *Lire l'image*

❶ Observez le portrait reproduit en couverture et décrivez avec précision le personnage que vous voyez.
❷ Quels sentiments peuvent être lus dans l'expression de son visage ?
❸ Que voit-on du décor ?

📄 *Comparer le texte et l'image*

❹ Le modèle est-il bien choisi selon vous pour représenter Emma ?
❺ Quel passage précis du texte ce portrait pourrait-il illustrer ? Pourquoi ?

📝 *À vous de créer*

❻ Et si elle se mettait à parler ? Rédigez une dizaine de lignes dans lesquelles cette jeune fille s'adresse à celui ou celle qui la regarde.
❼ Prenez-vous en photographie dans un lieu de votre choix. Essayez d'être le plus expressif possible et rédigez en une dizaine de lignes ce que vous voudriez dire à celui qui vous regarde.

Chapitre 9

De retour à la maison, je suis montée m'enfermer dans ma chambre. J'ai extrait le cahier de mes vêtements et je l'ai posé sur mon lit. Sa couverture verte, assez épaisse, éraflée par endroits, avait visiblement beaucoup souffert. On l'avait renforcée à l'aide de minces feuilles de carton, adroitement collées. Les pages, constellées de taches brunes, avaient cette teinte cireuse que prend parfois la peau des vieillards. L'écriture, bien formée, élégante, ressemblait vaguement à celle de mon grand-père, patiemment et respectueusement apprise sur les bancs de l'école. Ma gorge s'est nouée, comme à chaque fois que je dois me résoudre à faire un choix important. Je me suis levée et je suis allée à la fenêtre. J'ai regardé à travers la vitre. La lumière de la lune inondait le jardin immobile. C'était une belle nuit de décembre, calme et froide. Les arbres découpaient leurs silhouettes torturées sur le mur de pierre qui donne sur la rue. J'ai frissonné et j'ai tiré le rideau. Mon regard est revenu sur le petit rectangle vert posé sur le lit, irrésistiblement attiré par ce qui s'y dissimulait.

À l'exaltation de la découverte avait succédé l'indécision. Avais-je le droit de connaître le contenu de ce journal? Il ne m'appartenait pas. Plus grave encore, je l'avais volé. Qu'en faire alors? Le remettre à mon grand-père? Le détruire?

Rétrospectivement, ces hésitations étaient-elles sincères? J'en doute. Au fond de moi, une voix me soufflait que, de toute façon, je le lirais. Pourquoi alors me perdre en questions inutiles? Tout simplement parce que je redoutais ce que j'allais y découvrir.

J'avais peur d'y lire des mots que je ne souhaitais pas y rencontrer, des mots qui me hantaient depuis bientôt deux ans.

Maintenant, il me suffisait d'ouvrir ce cahier et je saurais…

J'ai tourné la première page et j'ai commencé à lire.

30   JOURNAL DE JACQUES DESROCHES

20 janvier 1942

Ce journal n'a pas l'ambition d'être exhaustif. J'ai décidé de le tenir en pointillé : j'y noterai mes idées et les événements marquants de ma nouvelle vie. À mon intention dans un premier
35 temps, à l'usage des autres par la suite, s'ils estiment pouvoir y puiser de quoi alimenter leur réflexion sur ce que les hommes de ma génération ont jugé bon et utile de faire.

Si, comme cela est probable, je meurs au front, je souhaite qu'il soit remis à ma mère : elle y retrouvera ma voix. J'espère
40 enfin que ces mots qui lui sont destinés apaiseront son chagrin. Qu'elle sache que mes choix ont été faits sereinement, avec la conscience pleine et entière des risques encourus.

Le 11 décembre dernier, l'Allemagne et l'Italie ont déclaré la guerre aux États-Unis. Presque dans le même temps, l'armée
45 du Reich a connu de sérieux revers face aux armées de Staline. La Wehrmacht a dû battre en retraite. Hésiter n'est plus de mise. J'ai, par conséquent, pris la décision de m'engager dans la Légion des volontaires français. Je pars dans quelques heures. J'ai enfin trouvé le courage de me battre, de défendre les idées auxquelles
50 je crois. Ainsi, mon combat ne restera pas un simple combat de mots. Je troque la plume contre le fusil, voilà tout. Doriot approuvera mon geste, lui qui estime mes articles au point de m'avoir poussé à les publier. Son engagement sur le front russe, l'an dernier, m'a montré la voie, et mes convictions trouvent
55 aujourd'hui dans cet acte leur aboutissement logique.

J'ai lu d'une traite jusqu'à ce passage où Jacques Desroches écrit qu'il va se rendre à Sobibor. *Un nom étrange. Un joli nom.*

Le cahier m'est tombé des mains. J'avais découvert un puzzle dont chaque élément me faisait horreur : un jeune bourgeois collaborateur, pétri de certitudes, un nazi criminel et arrogant. Ce camp, Sobibor. Il restait évidemment un espace vide, une pièce manquante que je redoutais de retrouver et qui avait le visage de Mamouchka.

Maman m'a appelée, c'était l'heure du dîner. J'ai refermé le journal, je l'ai fourré sous mon oreiller et je suis descendue. De tout le repas je n'ai pas prononcé un mot. Je savais que si j'ouvrais la bouche, ce serait pour leur avouer ma découverte. J'ai préféré me taire et manger, pour la forme. Le visage de mon grand-père était inexpressif. Je ne le reconnaissais plus. Depuis la disparition de Mamouchka, quelque chose en lui était mort et nous étions incapables de lui redonner goût à la vie.

À peine le dîner achevé, prétextant un accès de fatigue, je suis remontée. J'ai filé aux toilettes, j'ai vomi puis j'ai regagné ma chambre. Je me suis assise et j'ai repris là où je m'étais interrompue.

J'ai lu. Jusqu'à la nausée. Après, j'ai dormi et j'ai voulu ne plus jamais me réveiller.

21 février 1942

Voilà déjà quelques jours que j'ai pris mes quartiers à Sobibor et que je me familiarise avec les individus et les lieux. C'est une véritable ruche bourdonnante d'activité : on s'y affaire avec une énergie communicative. Il faut dire que ce camp devra être opérationnel dès le début du mois de mai.

Sobibor est un village perdu dans les bois. Il se trouve dans le district de Lublin, sur la ligne de chemin de fer Chelm-Wlodawa. Nous sommes tout proches de la frontière ukrainienne. Qui m'aurait dit qu'un jour je viendrais m'enterrer en Pologne, dans un trou pareil ?

L'ensemble du personnel militaire est sous l'autorité directe du *Brigadeführer* Odilo Globocnic, chef de la police du district de Lublin, mais c'est le *Sturmbannführer* Christian Wirth qui a la haute main sur les travaux de construction du camp. Il nous a rendu une brève visite hier pour vérifier l'avancement des travaux.

Wirth est un gros homme au visage ingrat et à la voix dure qui a produit sur moi une impression des plus désagréables. J'ai immédiatement détesté sa façon de traiter ses subalternes et le mépris qu'il ne peut s'empêcher de témoigner à tout un chacun. Ses yeux, embusqués derrière ses lunettes rondes, ont quelque chose de mauvais, d'intensément pervers. Le *Sturmbannführer* manifeste cependant beaucoup de respect envers von Lebbe. Konrad m'a brièvement présenté et lui a annoncé que je dispose d'un statut spécial. En conséquence, même si je participe

entièrement à la vie du camp, je reste sous ses ordres directs – façon détournée de signifier à Wirth mon appartenance aux services secrets. C'en devait être trop pour le gros homme qui a haussé les épaules, esquissé une moue agacée et ne m'a plus
30 adressé la parole.

Sur place, le responsable est l'*Obersturmführer* Richard Thomalla, d'un abord beaucoup plus sympathique et avec qui j'entretiens des relations cordiales.

Le jour de mon arrivée, von Lebbe m'a emmené visiter les
35 installations. Il s'agit ni plus ni moins d'un banal camp de prisonniers comme il en fleurit certainement un peu partout sur les territoires contrôlés par le Reich.

Le camp jouxte la gare de Sobibor, située elle-même en bordure d'un bois de sapins dont l'odeur parfume plaisamment
40 l'atmosphère. C'est un rectangle de quatre cents mètres sur six cents mètres, ceinturé de barbelés. L'ensemble sera bientôt flanqué de quatre miradors. Il est subdivisé en trois *Lager**. Le camp 1, constitué des baraquements où seront logés les officiers et le personnel ukrainien. On y trouve également les locaux adminis-
45 tratifs. Le camp 2, qui comporte divers entrepôts. Enfin, le camp 3, auquel on accède par un sentier bordé de barbelés d'environ cent cinquante mètres. J'imagine que les bâtiments destinés à abriter les populations en transit y seront prochainement bâtis. Pour l'heure, on n'y découvre que quelques abris assez sommaires
50 et des baraquements singulièrement spartiates[1].

Une équipe de cinq hommes travaillait dans un appentis[2] adossé à des casemates[3] de briques. Ils étaient occupés à installer sur un socle de béton un moteur Diesel de blindé, qui servira sans doute à actionner une machinerie particulière.

---

* « Camps », en allemand.
1. Spartiate : sans confort.
2. Appentis : petit bâtiment adossé à un grand et servant de hangar.
3. Casemates : abris fortifiés.

55   Nous les avons rejoints et von Lebbe a profité de cette rencontre inopinée pour justifier ma présence à Sobibor, car mes nouveaux compagnons me dévisageaient d'un air intrigué. Il s'agissait uniquement de SS, dont je me suis empressé de mémoriser les noms, précaution utile si je voulais être rapidement accepté et
60 reconnu. J'ai donc fait la connaissance de Bauer, Floss, Stangl, Schwarz et Barbel.

    Ce sont des individus un peu vulgaires avec lesquels je ne me sens guère d'atomes crochus. Je me suis cependant bien gardé de laisser transparaître mes sentiments. Konrad n'a évidemment
65 pas été dupe et m'a adressé un clin d'œil de connivence avant de leur présenter Karl Frank, Allemand de mère française, élevé à Paris, de retour au sein du Reich : c'est-à-dire moi-même. Les cinq SS l'ont écouté avec attention, semblant se satisfaire de ses explications et ont trouvé amusant de plaisanter mon accent
70 *französisch*, que je m'évertue pourtant à faire disparaître. Ils m'ont enfin distribué de grandes claques sur l'épaule en signe de bienvenue. Je me suis borné à leur sourire.

    Nous avons poursuivi notre visite du *Lager 3* mais je n'y ai guère trouvé d'intérêt. Tout au bout, à la lisière de la forêt, une dizaine
75 de prisonniers creusaient de longues fosses qui serviront sans doute à couler les fondations de bâtiments plus importants.

    Je ne saisis pas en quoi ce qui se trame ici pourra avoir une quelconque répercussion sur l'histoire de l'humanité, comme l'a insinué mon mentor, tandis que nous faisions route vers Sobibor.
80 Ce matin, je m'en suis ouvert à lui. Von Lebbe a souri d'un air énigmatique, avant d'affirmer :

    – Vous verrez, mon cher Jacques, vous verrez et vous jugerez…

26 février 1942
85   Les tâches que l'on m'a confiées sont triviales et ennuyeuses. Je suis chargé de constituer les équipes de prisonniers qui œuvrent à la construction des bâtiments. Il s'agit, pour la plupart,

de Juifs raflés dans les villages avoisinants. Nous employons aussi de nombreuses entreprises de la région qui y trouvent largement leur compte. Je supervise enfin tout ce qui relève de l'approvisionnement en nourriture et en matériel. C'est une besogne ingrate dont je m'acquitte cependant avec beaucoup de sérieux.

Il m'arrive heureusement de m'évader pour de longues promenades. Ici, la guerre paraît tellement lointaine… Pour un peu, on l'oublierait. Les paysages sont d'une douce sauvagerie, la forêt décline de subtiles harmonies de verts et de bruns que j'ai plaisir à goûter en solitaire. J'éprouve également beaucoup de satisfaction à tenir ce journal dans ma langue, cette langue tant aimée que je ne parle plus guère, si l'on excepte quelques rares conversations avec Konrad. Je pense beaucoup à ma mère. Ces mots lui sont destinés. Peut-être les lira-t-elle un jour. Je n'ai pu lui envoyer une seule lettre depuis que je suis à Sobibor. Je n'en ai pas l'autorisation. Pour l'administration, la hiérarchie de l'armée, les miens, je suis sur le front de l'Est, au combat.

Cette nuit encore, j'ai fait un cauchemar dont je ne me suis pas souvenu à mon réveil. Je me suis réveillé en criant. Le plus terrible est que je ne savais pas pourquoi.

4 mars 1942

Je n'ai décidément rien de spécial à noter. Chaque jour est semblable à celui qui précède. Ce n'est certes pas le destin dont je rêvais. Je m'ennuie d'autant plus que von Lebbe est parti une fois de plus pour une de ses missions secrètes. Il a dû rendre une nouvelle visite à Heydrich* avec qui il reste en contact permanent. Ses déplacements le conduisent régulièrement en

---

* Reinhard Heydrich (1904-1942), général SS, chargé de « résoudre le problème juif ». Il met sur pied les Einsatzgruppen, qui opèrent derrière la Wehrmacht et qui commettront nombre d'atrocités. il est également l'un des principaux instigateurs de la conférence de Wannsee (1941) où sera décidée l'extermination des Juifs d'Europe. Il est assassiné à Prague par des résistants tchèques, le 4 juin 1942. Sa mort est le prétexte d'une répression féroce (voir la note de la page 93).

115 Russie et dans les pays Baltes. Il m'a laissé entendre que l'an dernier il a supervisé en toute confidentialité des commandos, les *Einsatzgruppen**, chargés d'opérations spéciales aux côtés de la Wehrmacht. Je n'en sais pas plus car il m'a fait plusieurs fois comprendre que ses activités sont vouées au secret le plus absolu,

120 mais je constate qu'au retour de chacune de ses missions il est amaigri et fiévreux, comme hanté par des visions dont il ne souhaite pas parler.

Je ne fréquente mes compagnons de camp que pour ne pas me retrouver encore plus seul. Ils ne ressemblent guère aux

125 intellectuels raffinés que je côtoyais dans ma vie antérieure. Ils se connaissent tous plus ou moins pour avoir participé à l'opération T4[1] et partagent nombre de souvenirs, bien qu'ils n'en fassent guère état. Je ne m'habitue pas à leurs plaisanteries de corps de garde et à leur fâcheuse habitude de boire outre mesure. Je

130 fais néanmoins bonne figure et prends garde à ne pas me faire rejeter de leur groupe, dont il m'arrive d'adopter les manières d'agir et de parler. Mes galons et l'amitié que me témoigne von Lebbe suffisent cependant à leur inspirer le respect.

Ce soir, Mentz était encore plus soûl qu'à l'habitude. Il a beuglé

135 qu'il avait hâte de mettre en pratique la solution finale pour tous les Juifs d'Europe et d'ailleurs. Les autres ont levé leurs verres et ont porté un toast à ses paroles en souriant d'un air entendu mais sans faire le moindre commentaire. J'ai trinqué avec eux. Je sais que ce camp est un camp de transit pour les populations qu'on

140 va nous envoyer, mais je ne sais pas pour quelle destination. Je me suis abstenu de le leur demander, ils n'auraient pas compris qu'un gradé soit aussi ignorant.

---

* Groupes d'intervention mobiles de policiers ou de SS chargés d'exécuter dans les territoires conquis sur l'URSS les communistes et les Soviétiques juifs.
1. Opération T4 : nom donné à l'élimination de ceux qui étaient jugés comme inutiles à la société (les handicapés mentaux et physiques notamment) entre 1939 et 1941. (Voir la note p. 35.)

6 avril 1942

Nouveau cauchemar cette nuit. Peut-être faudra-t-il que je consulte un médecin s'ils perdurent car je me réveille fatigué et angoissé.

Les jours passent de façon désespérément monotone. Ces derniers temps, les travaux traînaient de manière telle que Globocnic a déposé Thomalla et l'a remplacé par l'*Obersturmführer* Franz Stangl. Cet officier me paraît d'une efficacité redoutable. Un groupe supplémentaire de travailleurs juifs a été ramené de Lublin afin de relancer la construction de divers bâtiments dans les trois camps. Mes activités me laissent suffisamment de temps pour lire et me promener dans les bois de sapins qui entourent le camp. Il fait parfois bon vivre ici, même si l'ennui me gagne souvent.

15 avril 1942

Von Lebbe est revenu hier au camp, épuisé, comme à son habitude, mais avec l'air satisfait de celui qui accomplit l'œuvre de sa vie.

Il m'a annoncé que notre camp de transit sera fin prêt dans moins de quinze jours et que nous pourrons y accueillir nos premiers visiteurs. Quand je lui ai demandé de m'indiquer la destination finale de nos prisonniers, il m'a proposé d'en discuter, ce soir, au cours d'un dîner que nous partagerons seuls. Je me réjouis d'échapper pour un soir à mes compagnons ! La conversation de Konrad possède un charme à nul autre pareil. Je vais enfin savoir s'il était sérieux quand il m'entretenait de l'importance de notre tâche. Dans le cas contraire, je demanderai poliment mais fermement à rejoindre les engagés volontaires sur le front de l'Est.

Ici, de nombreuses pages du journal ont été arrachées. Le récit reprend un mois et demi plus tard.

8 juin 1942

175 Un nouveau convoi de mille deux cents personnes, en provenance de Grabowiec, est arrivé ce matin pour être « réinstallé ». Nous l'avons traité avec notre efficacité coutumière, bien que les chambres à gaz soient petites et en nombre insuffisant. Stangl s'est engagé à le signaler à Wirth car il est impératif de trouver
180 une solution dans les délais les plus brefs.

Nos équipes sont maintenant parfaitement rodées et nous savons éviter les mouvements de panique collective qui nous causaient, au début, tant de désagréments. Il faut dire que depuis le 5 mai dernier nous avons eu le temps d'affiner nos techniques.
185 La procédure est désormais immuable et fort proche de celle employée par nos homologues de Belzec et de Treblinka[1]. Les gardes ukrainiens réceptionnent le matériel humain sur la rampe d'accès de la gare de Sobibor et le conduit à l'intérieur du camp. Tout est fait pour rassurer les arrivants, car il est impératif qu'ils
190 ne se doutent de rien ! La rapidité d'exécution est une des clés de notre réussite.

En traversant le camp 1, ils peuvent apercevoir des jardins joliment entretenus, des ateliers. Les gardes les invitent à laisser leurs sacs et affaires personnelles puis leur conseillent de bien
195 repérer l'endroit où ils les déposent afin de pouvoir les retrouver plus tard. L'*Oberscharführer* Hermann Michel, suppléant de Stangl, accueille les nouveaux venus et s'excuse pour les pénibles conditions de transport qu'ils ont eu à supporter. Il leur explique avec beaucoup de conviction qu'ils viennent d'arriver dans
200 un camp de transit et qu'ils vont être rapidement déplacés vers l'Est. Les Juifs, ajoute-t-il non sans humour, devront désormais devenir des membres productifs de la société et se rendront en Ukraine pour y vivre et y travailler.

Hermann leur annonce alors qu'ils vont devoir se soumettre à
205 une désinfection dans le but de prévenir tout risque d'épidémie.

---

1. **Belzec, Treblinka** : autres camps d'extermination situés en Pologne.

Il organise les groupes, sépare les hommes des femmes et des enfants. Ordre leur est ensuite donné de se déshabiller et de confier aux gardes leurs objets de valeur qui seront enfermés dans un coffre et leur seront rendus ultérieurement en échange
210 du reçu officiel que nous leur remettons. La bonne bouille de Hermann inspire naturellement confiance et pas un ne songe à protester. Bien au contraire, il faut voir le contentement qui s'affiche sur leurs faces. Pour un peu, certains danseraient de joie. Hermann est un merveilleux comédien !
215 Je n'en dirais pas autant des subalternes qui ont pour mission de conduire les arrivants jusqu'aux cabines de «désinfection». Ce sont des rustres grossiers et brutaux, Ukrainiens ou Lituaniens pour la plupart, d'une ignorance crasse mais absolument parfaits pour exécuter les tâches qui leur sont imparties. Un savant
220 contraste est d'ailleurs entretenu entre les paroles lénifiantes [1] de Hermann et l'énergie avec laquelle les Ukrainiens manient leurs gourdins. Ainsi, les plus vindicatifs [2] parmi les nouveaux venus sont assagis dès leur première velléité de révolte. La masse des autres, moutonnière et résignée, obéit aux ordres avec une
225 passivité proprement stupéfiante. Il faut avouer que la plupart nous parviennent dans un tel état d'abattement, après leurs quatre ou cinq jours de voyage, qu'ils sont généralement dans l'incapacité de s'opposer à nos décisions.

Une fois les Juifs déshabillés et leurs vêtements soigneu-
230 sement pliés, deux cas de figure se présentent. Les vieillards, les handicapés, les malades, tous ceux qui sont incapables de marcher sont rassemblés à part afin d'être conduits au *Lazarett*, l'hôpital du camp. Ils sont en réalité conduits en charrette jusqu'aux fosses. Là, ils sont liquidés d'une balle dans la nuque
235 et ensevelis.

---

1. **Lénifiantes** : apaisantes.
2. **Vindicatifs** : portés à la vengeance.

Les Juifs valides sont emmenés jusqu'au camp 3, par la *Him-melstrasse**, comme l'a plaisamment baptisée un de mes compagnons. Il s'agit d'une allée bordée de barbelés dans lesquels des branches ont été savamment entremêlées afin de boucher la vue. Nous commençons par traiter les hommes. Vient ensuite le tour des enfants et des femmes. Celles-ci passent d'abord dans une baraque, « la boutique du coiffeur », où elles sont tondues. Ensuite, les Ukrainiens font entrer tout ce petit monde dans les douches et Fuchs ou Gotringer met le moteur Diesel en marche. Environ six cents personnes sont traitées à la fois. Au bout de trente minutes environ, des détenus juifs aèrent les chambres à gaz et évacuent les corps par la porte arrière. On arrache leurs dents en or, s'ils en possèdent, puis on entasse les dépouilles dans des tranchées de cinquante mètres sur dix mètres environ, où elles sont recouvertes de terre.

La dernière étape du processus est bien entendu la partie la plus pénible et je perçois souvent un trouble difficile à contrôler parmi les équipes qui se chargent de la collecte et de l'acheminement des cadavres jusqu'aux fosses. À la moindre défaillance, nous déplaçons les individus les plus fragiles. Quant aux prisonniers juifs chargés d'assister nos équipes, nous les éliminons eux aussi d'une balle dans la nuque.

J'avoue n'assister que de façon très exceptionnelle à ces exécutions. Non par pusillanimité[1] mais plus sûrement parce que je ne goûte guère le spectacle de la violence brutale ou gratuite, celle à laquelle les Ukrainiens ont recours pour entasser les arrivants dans les douches ou les châtier, s'ils protestent. Je la comprends, j'en sais la nécessité, mais elle ne me procure aucunement la satisfaction que je suis surpris de découvrir chez certains membres de l'équipe, Mentz ou Wagner par exemple.

---

* La « route vers le ciel ».
1. **Pusillanimité** : manque de courage.

Comme l'a fort justement formulé Konrad lors d'une de nos discussions :

– Notre efficacité provient de notre aptitude à maîtriser nos émotions. Ce ne sont pas des êtres humains que nous traitons. Le plus difficile est de le comprendre et de l'accepter. Quand on a saisi cette évidence, tout devient tellement plus simple. Il nous faut veiller également à ne pas poser le problème en termes prétendument moraux. Nous sommes par-delà le bien et le mal, et notre œuvre pourrait susciter bien des incompréhensions. Il importe donc qu'elle soit achevée quand nous nous en expliquerons. À ce moment-là, elle s'imposera par son évidence.

Dans l'immédiat, je supervise les opérations et me charge des statistiques, sous la direction de Schüt, l'administrateur du camp. Konrad se montre tout à fait satisfait de moi. Ma période de mise à l'épreuve est bel et bien terminée, et moi-même, je ne pensais pas que je m'acquitterais aussi correctement de ma tâche.

10 juin 1942

Nous avons reçu une visite éclair de l'*Obersturmführer* Adolf Eichmann, directeur du *Judenreferat**, venu inspecter nos installations et évaluer notre productivité. Heureux hasard du calendrier, deux convois en provenance d'Uchanie et de Biala Podlaska[1] nous ont été livrés. Cela représente plusieurs milliers d'individus et nous avons pu lui apporter la preuve évidente de notre efficacité. Von Lebbe semble bien le connaître et m'a confié en privé qu'il le considère comme un crétin et un lâche. Eichmann a prétexté en effet les excuses les plus futiles pour éviter de visiter les chambres à gaz et affronter la réalité de notre activité. Il était difficile d'ignorer que von Lebbe le traitait avec condescendance et un brin de mépris. Konrad m'a avoué après coup qu'il se demandait toujours si ce type de petit fonctionnaire zélé agissait par idéal ou

---

* Les Affaires juives.
1. Uchanie, Biala Podlaska : villes proches de Lublin, à l'Est de la Pologne.

plus simplement parce qu'on lui a appris à servir, qu'importent le maître et l'ouvrage à accomplir.

Je sais que Konrad avait une grande estime pour Heydrich, dont il était l'intime, et que j'ai eu l'honneur de rencontrer en mai dernier, quelques semaines avant son assassinat. Konrad a très mal vécu sa mort, le 4 juin, à la suite d'un attentat organisé par des terroristes tchèques. Il m'a annoncé que, ce matin même, de très sévères mesures de rétorsion* ont été prises ainsi que l'exécution de nombreux otages tchèques. Son émotion était visible tandis qu'il me parlait de leur ancienne amitié : ils partageaient les mêmes enthousiasmes, la même vision du monde et de l'avenir. Cette vision qui est désormais la mienne. Et l'*Endlösung*, la solution finale, me semble aujourd'hui le seul et l'unique moyen d'y parvenir.

2 juillet 1942

Nous coulons des jours beaucoup plus calmes, depuis quelque temps, et cela risque de se prolonger encore pendant plusieurs semaines, sans doute jusqu'à la fin août. La ligne de chemin de fer Lublin-Chelm est en travaux et nous ne réceptionnons que de rares convois en provenance du district de Lublin. Il m'est curieux de constater comme mes compagnons sont désœuvrés. Mentz est particulièrement irascible[1] et croit à un complot organisé pour nous empêcher d'accomplir notre tâche. Hypothèse imbécile, je vois mal qui serait en état d'empêcher quoi que ce soit, tant les populations locales sont misérables et dans l'incapacité d'une quelconque action violente.

En hommage à Heydrich, notre programme d'extermination a désormais pour nom de code «*Aktion Reinhard*». Von Lebbe

---

* La mort de Heydrich fut le prétexte d'une répression féroce dans le village de Lidice, en Bohême, dont la population fut accusée d'avoir aidé des Résistants. Le 10 juin, à l'aube, les 173 hommes furent arrêtés et exécutés à la mitrailleuse, les femmes et les enfants envoyés dans les camps de concentration, et le village rasé.
1. Irascible : irritable, coléreux.

nous l'a appris avant de s'absenter pour une semaine. Il m'a
325 proposé de l'accompagner en Ukraine, mais j'ai décliné son
offre, préférant poursuivre mes observations statistiques pour
les trois camps et m'adonner à la lecture.

Les nouvelles du front russe sont réjouissantes.

Le 28 juin, la Wehrmacht a lancé une violente offensive à
330 l'est de Kharkiv. Elle avance très rapidement et ne devrait faire
qu'une bouchée de la racaille bolchevique.

3 juillet 1942

Un de ces incidents détestables, comme il en arrive tant ici, a
gâché une partie de ma journée. Nous employons du personnel
335 juif sur le camp, pour les tâches subalternes [1], il n'y a rien à redire
à cela. À midi, la femme qui nous servait a fait un faux mouvement
et a souillé la veste de l'*Oberscharführer* Gustav Wagner.

C'est un homme que j'appréciais au début de mon séjour à
Sobibor. J'avoue qu'il m'a abusé, tant il faisait preuve de manières
340 exquises. Il est grand, blond, très bel homme. En bref, un repré-
sentant parfait de la race des seigneurs, chère aux nazis. Il arrive
encore fréquemment qu'en guise de plaisanterie, Stangl nous
appelle les parfaits Aryens, von Lebbe, Wagner et moi. Stangl et
Wagner sont d'ailleurs très liés. Ils se sont connus à Hartheim,
345 en Haute-Autriche, lors du programme T4. C'est là que, sous la
direction de Wirth, les techniques de gazage utilisées dans les
camps ont été testées, améliorées et développées.

Ce Wagner s'est vite révélé capable d'une cruauté épouvantable
vis-à-vis des arrivants. J'en suis souvent resté pantois [2], tant elle
350 contredit l'extrême urbanité [3] dont il fait montre par ailleurs.

Toujours est-il qu'il s'est levé comme une furie, a roué de
coups la maladroite et l'a traînée dehors, avant de la frapper

---

1. Subalternes : inférieures.
2. Pantois : stupéfait.
3. Urbanité : politesse, respect des autres.

des poings et des pieds et de l'exécuter avec son arme. Sur ce,
Wagner a déclaré qu'il refusait à l'avenir d'être servi par une
355 Juive et a demandé à Stangl d'intervenir en ce sens. Le reste du
repas a été plutôt glacé et ma sympathie pour Wagner s'est définitivement évanouie. Ce n'est pas tant la mort de cette femme
qui m'a gêné que la «manière» de Wagner. Je ne puis souffrir
ces comportements qui déshonorent un être civilisé. Les nazis
360 se sont donné une mission, ils se doivent de la mener à bien
avec décence.

10 juillet 1942

Un événement de taille est venu bouleverser la monotonie
de mes jours ici : je suis amoureux !
365 Je ne suis guère porté à l'émotion mais Anna a touché mon
cœur comme personne avant elle. Konrad a été dans un premier temps étonné que je puisse «m'amouracher d'une petite
servante polonaise». Je lui ai annoncé qu'elle appartient à la
meilleure société de Varsovie et que sa grand-mère paternelle
370 était allemande, originaire de Köln. Il ne le savait évidemment
pas, puisqu'il la prenait pour une paysanne inculte. Konrad a
accepté de reconnaître que ses caractéristiques raciales sont du
meilleur augure et que du sang aryen coule nécessairement dans
ses veines. J'en ai été ému. Je puis écrire aujourd'hui que Konrad
375 est mon ami. Nos échanges de vue sont fréquents et féconds. Nous
partageons un vieux fonds de culture européenne dans lequel
nous nous reconnaissons l'un l'autre. Je crois que son amitié
pour moi lui a fait prendre le parti de celle que j'aime.

Anna – j'ai tant de bonheur à écrire son nom – est mer-
380 veilleusement belle et séduisante. Je ne peux résister au plaisir
de raconter en quelles circonstances j'ai fait sa connaissance.

Il y a cinq jours de cela, nous déjeunions avec Konrad et
quelques officiers. La conversation, très animée, roulait sur nos
chances de réussite en Russie. Quelqu'un est alors venu se placer
385 sur mon côté et un bras s'est tendu pour poser un plat sur la

table. Je l'ai suivi machinalement du regard et j'ai découvert une peau blonde et délicate que nimbait un imperceptible duvet doré. J'ai levé la tête, surpris. Depuis deux jours, nous étions servis par un Ukrainien, un gaillard épais aux allures
390 de bûcheron. À sa place, se tenait une très jolie jeune femme vêtue d'un tablier blanc à manches courtes et d'une robe en tissu gris. Elle avait un je-ne-sais-quoi d'élégant et de racé qui surprenait de la part d'une fille de salle. L'inconnue s'est résolument emparée des plats vides et s'est dirigée vers les cuisines.
395 Tandis qu'elle s'éloignait, je l'ai détaillée, mon regard aimanté par sa silhouette. Konrad m'observait, un sourire ironique aux lèvres.

– Cette fille vous plaît, Jacques ? C'est une paysanne polonaise qu'on nous a envoyée pour le service. Le Reich en fait une
400 consommation invraisemblable par les temps qui courent, elles sont parfaites pour les travaux subalternes ! Dépêchez-vous de la prendre avant qu'un autre ne se l'approprie. Je dois reconnaître qu'elle est tout à fait plaisante, en dépit de ses origines raciales.
405 J'ai répondu sèchement :

– Je n'ai pas l'habitude de « prendre » les servantes, Konrad.

Il m'a fixé avec froideur avant de laisser tomber :

– Pourtant, dans nos milieux, c'est presque une institution,
410 n'est-ce pas ?

J'étais furieux. Je me suis tu. Nous avions parlé français et nos compagnons de table nous considéraient sans comprendre, surpris par la vivacité de notre échange. Je me suis levé et j'ai quitté la table pour aller fumer à l'extérieur. La douceur de
415 l'atmosphère m'a aidé à recouvrer mon calme. Le ciel était limpide et bleu. J'ai marché de long en large, le cœur en déroute, trouvant un piètre réconfort dans la fumée acre de ma cigarette. Konrad m'a rejoint quelques minutes plus tard. Il s'est excusé pour ses « propos malvenus ». Je lui ai assuré qu'ils étaient sans

⁴²⁰ importance mais je n'ai pu m'empêcher d'éprouver un certain ressentiment à son égard.

Le soir, la jeune fille nous a de nouveau servis, mais Konrad s'est abstenu de tout commentaire. Je crois que je ne l'aurais pas supporté et ma réaction aurait pu être violente. Comme elle posait ⁴²⁵ une carafe d'eau sur la table, j'ai cherché ses yeux et, les ayant trouvés, je lui ai souri. Elle m'a timidement rendu mon sourire. Après dîner, alors que nous avions quitté le baraquement et que nous nous dirigions vers le quartier des officiers, j'ai palpé mes poches avec un agacement feint et j'ai déclaré que j'avais oublié ⁴³⁰ mes cigarettes. Mes compagnons ont-ils été dupes de ce piètre stratagème ? C'est somme toute sans importance.

La jeune paysanne était occupée à débarrasser la table. Quand elle m'a entendu entrer, elle s'est tournée vers moi comme si elle m'attendait et m'a dit :

⁴³⁵ — Vous avez oublié ceci.

Elle a tiré de son tablier le paquet que j'avais abandonné à dessein et me l'a tendu. Je me suis immobilisé, pétrifié par la surprise. Mon inconnue parlait français ! Elle avait entendu et donc nécessairement compris les paroles de Konrad, ce midi. ⁴⁴⁰ Mon embarras devait se lire sur mon visage car elle a ajouté avec un accent charmant, doux et chantant :

— Merci d'avoir remis cet officier allemand à sa place.

Je n'ai su que lui répondre. Je me trouvais hors du temps, noyé dans la contemplation de son visage, ému jusqu'aux larmes ⁴⁴⁵ par l'éclat de ses cheveux, la ligne de sa bouche, la forme de ses yeux. Je l'ai aimée d'emblée, avec une grande simplicité, comme une évidence qui m'apparaissait d'un seul coup. Je lui ai proposé un rendez-vous, qu'elle a accepté. Et puis un autre, et encore un autre. Je lui ai appris que je suis français, et non allemand, ⁴⁵⁰ ce qui l'a ravie. Cette révélation a-t-elle été déterminante ? Peu importe. Elle est devenue ma maîtresse.

Konrad s'est montré absolument parfait et tout à fait digne de la confiance que je lui accorde. Sa délicatesse à mon égard

ne laisse pas d'ailleurs de me surprendre. Il a informé Stangl et
455 Wirth de la situation et a dû trouver les mots qui conviennent,
car j'ai pu quitter le quartier des officiers et nous nous sommes
installés dans une minuscule baraque à l'entrée du camp 1. Je
goûte avec Anna un bonheur que je n'imaginais plus possible
depuis la mort de mon père. Certes, il m'arrive encore de faire
460 ces étranges cauchemars dont je ne me souviens pas, mais elle
sait trouver les mots pour m'apaiser et me rassurer.

Anna possède une étonnante maîtrise du français et fait chaque
jour des progrès qui me stupéfient. Elle connaît parfaitement
notre littérature et notre culture en général : la francophilie est
465 une vieille tradition en Pologne. Je lui ai promis qu'un jour je
l'emmènerai chez nous, dans la demeure familiale, et que je la
présenterai à ma mère.

Il est vrai que je n'ai pas à rougir d'elle : Anna a reçu une
excellente éducation. Son père enseigne les mathématiques dans
470 un lycée de Varsovie et sa mère donne des leçons de musique.
Celle-ci joue, paraît-il, du piano à ravir, avec une prédilection
pour Bach et bien évidemment Chopin. Anna est dotée d'une
voix ravissante et m'enchante des cantates qu'elle avait l'habitude
d'interpréter, accompagnée par sa mère. Elle-même étudiait le
475 violon au conservatoire et se destinait à l'enseignement de cet
instrument. Quand la guerre a éclaté, ses parents l'ont expédiée
chez des cousins, à la campagne, croyant la mettre à l'abri. Iro-
nie du sort, c'est là qu'elle a été réquisitionnée, avec beaucoup
de jeunes paysannes polonaises afin d'aller travailler dans les
480 usines allemandes. Je ne sais par quel hasard elle a échoué dans
les cuisines de ce camp. Je ne peux que louer cet heureux coup
du destin, il nous a permis de nous rencontrer, voilà tout ce qui
compte.

Nous ne pouvons guère nous éloigner du camp et mes obliga-
485 tions de service accaparent la plus grande partie de mon temps.
Nous parvenons cependant à nous échapper pour de longues
promenades dans les champs et les bois. J'apprécie toujours autant

la beauté et la sérénité des lieux et j'aime à lui réciter des vers de mes poètes favoris, elle les comprend si bien.

490 Après la guerre, je lui ai juré qu'elle deviendrait ma femme.

17 juillet 1942

Aujourd'hui, alors que nous déjeunions ensemble, Anna m'a interrogé de manière abrupte sur la destination exacte de ce
495 camp. Elle ne parvenait pas à dissimuler son inquiétude. Comme je feignais de m'étonner, elle m'a dit qu'elle avait surpris certaines conversations entre SS et que des Polonais venus effectuer des livraisons aux cuisines lui avaient affirmé qu'ici on exterminait des Juifs et qu'on l'exécuterait sûrement elle aussi.

500 Je savais que nous aurions cette conversation un jour ou l'autre. J'ai pesé chacun de mes mots pour lui expliquer ce qu'est la solution finale et la nécessité de nous débarrasser de la peste juive. En Pologne, on ne les goûte guère et j'espérais la convaincre facilement. Elle m'a écouté, livide, sans faire de commentaire
505 et m'a finalement demandé :

– Combien de personnes avez-vous tuées depuis le mois de mai ?

Il ne m'a pas été difficile de lui répondre, puisque c'est moi qui collecte les chiffres transmis à Himmler. J'ai annoncé
510 soixante-dix-sept mille Juifs traités. Elle m'a regardé, incrédule. Je n'ai pas été véritablement surpris de sa réaction. Konrad m'a prévenu : on ne croira pas les témoignages des survivants, si d'aventure il en réchappe. Notre entreprise est trop énorme, sans précédent dans l'histoire, pour qu'on prête l'oreille à ceux
515 qui voudront en révéler l'existence. Les Alliés ne savent, m'a-t-on dit, que faire des informations contradictoires qui leur parviennent et accordent peu de crédit aux agences juives qui s'épuisent à les informer.

Je me suis assis à côté d'Anna et je l'ai enlacée. Elle tremblait.
520 Je ne savais que dire. C'est elle qui a fini par parler :

– Jacques, quoi qui se passe ici, ne m'en parle pas, ne me dis rien. Je ne veux pas le savoir. Fais que je reste aux cuisines et que je n'en sorte pas. Fais-le pour moi, je t'en prie !

J'ai promis. Dans le fond, je n'espérais pas m'en tirer à si bon compte. Ici-bas, chacun se comporte en fonction de ce qu'il est. Certains agissent, d'autres meurent, d'autres enfin préfèrent ne rien voir et ne rien entendre. C'est ainsi.

18 juillet 1942

Ce matin, je me suis réveillé bien avant Anna. Elle dormait profondément, de ce sommeil lourd que je lui envie, moi qui dors si peu. Anna était sur le côté, tournée vers moi. Ses cheveux formaient un voile épais qui dissimulait ses traits et je sentais son souffle tiède sur ma main. Je suis resté longtemps sans bouger, à l'écoute de sa respiration. Puis délicatement, religieusement, j'ai soulevé sa chevelure, dévoilant peu à peu son menton, ses lèvres, son visage tout entier. Sa peau avait pris dans le demi-jour une teinte délicate, bistre[1] et rosée. Ses paupières, à peine ombrées de bleu, frémissaient à chaque changement de la lumière qui filtrait au travers des mauvais volets.

Avec mille précautions, j'ai fait glisser le drap qui la recouvrait jusqu'à ce qu'elle soit nue et je me suis gorgé de son image, m'attardant sur chaque millimètre de sa peau, essayant de retenir chaque détail de son corps : le dessin de ses hanches, la rondeur de ses seins, la douceur de son ventre. Elle a ouvert les yeux et m'a souri. J'ai murmuré à son oreille : «Et mes yeux à tes yeux lentement s'empoisonnent. »

Le temps s'est remis à passer. Pour la première fois depuis une éternité, j'ai entendu un train s'immobiliser sur la plate-forme d'arrivée : soupirs épais de chaudière, cris stridents des freins, lamento du sifflet.

---

1. **Bistre** : brune, hâlée.

C'était la promesse d'un nouveau jour, d'un jour plein. Je l'ai serrée dans mes bras et je me suis levé.

Ai-je besoin de dire que, à ce moment de ma lecture, j'étais au-delà du chagrin. J'ai posé le cahier. Je me suis levée et je suis
555 retournée à la fenêtre. J'ai posé mon front sur la vitre glacée, humide de buée. Dehors, un fin brouillard estompait les silhouettes des arbres. J'ai fermé les yeux. Mes dents étaient serrées si fort que j'ai pensé : Elles vont se briser. C'était idiot.

J'avais peine à croire à ce que j'avais lu, et pourtant ces propos
560 épouvantables étaient là. Écrits noir sur blanc, d'un beau style indifférent. Mon regard s'est perdu dans la nuit. J'aurais voulu y disparaître.

Avant mon grand-père, Mamouchka avait été une autre qui m'était étrangère. Une femme qui avait partagé la vie d'un
565 monstre épouvantablement banal, inconscient peut-être de sa monstruosité. Et d'avoir sans doute aimé un tel homme, ma grand-mère en était irrémédiablement souillée. Le fil ténu qui nous liait encore était en train de se rompre.

J'ai eu la tentation, un instant, de m'arrêter là, de détruire
570 ce cahier, de le brûler. Et puis j'ai compris que ça aurait été faire offense à ceux qui avaient trouvé leur fin à Sobibor.

J'ai repris ma lecture avec le sentiment que j'allais y laisser – jamais je n'aurais pensé qu'un tel mot puisse me venir à l'esprit – mon âme.

Chapitre 11

21 juillet 1942

Une épouvantable odeur de charogne a envahi le camp. Depuis quelques jours, la température est telle que les corps enterrés dans les fosses dégagent des gaz pestilentiels qui empoi-
5 sonnent l'atmosphère et déposent leur puanteur partout. Même les vêtements en sont imprégnés. Par voie de conséquence, des tourbillons d'insectes s'abattent sur nous qui emplissent l'air de leurs bourdonnements. L'effet est tout à fait déplorable sur le personnel du camp, pour ne rien dire des Ukrainiens et des
10 prisonniers juifs employés dans les ateliers. Nous redoutons la réaction des populations locales et ne souhaitons en aucun cas qu'elles ne parlent plus que nécessaire. Stangl s'inquiète en outre pour notre approvisionnement en eau. Il craint que les puits qui alimentent le camp ne soient contaminés par les infiltrations en
15 provenance des charniers. Qui plus est, le spectacle des fosses grouillantes de larves est proprement insoutenable. Il va falloir en référer aux autorités.

Anna ne manifeste rien, fait comme si elle ne sentait rien. J'aurais compris qu'elle exprime son dégoût, sa peur, qu'elle me
20 pose des questions. Par certains aspects, elle reste un mystère pour moi.

23 juillet 1942

Stangl est allé rendre compte à Wirth qui s'est mis dans une rage terrible et a hurlé qu'il fallait «se débarrasser de cette ordure»,

25 d'autant qu'un courrier de Himmler est arrivé stipulant qu'il est impératif de faire disparaître toutes traces des populations traitées. Comme cela se pratique déjà à Belzec et Treblinka, le *Reichsführer* a ordonné d'incinérer les cadavres. On nous a livré une excavatrice[1] et l'*Oberscharführer* Gomerski a organisé

30 sur-le-champ une équipe d'ouvriers juifs chargés de procéder à l'exhumation et à la crémation des corps. Il a été contraint d'en abattre plusieurs avant de réussir à les mettre à la besogne.

La technique mise au point est sommaire. On dispose des rails sur un socle de ciment, un peu à la manière d'un gril. On y

35 entasse du bois puis les corps partiellement décomposés, couche après couche. On arrose de pétrole et on enflamme le tout. Il suffit d'entretenir le brasier pour obtenir un résultat satisfaisant. Les os qui ne sont pas entièrement consumés sont broyés à coups de rouleau de bois et la poudre collectée mélangée à du sable

40 avant d'être enterrée ou jetée tout simplement dans le Bug, le cours d'eau voisin.

25 juillet 1942

Une odeur douceâtre flotte sur le camp et s'insinue partout. Parfois, on devine une pluie de cendres presque imperceptible,

45 tant elles sont fines, que le vent emporte et disperse au-dessus de nous. C'est tout ce qui reste de ceux qui sont arrivés ici : un voile immatériel qui se dissout dans la lumière du soleil.

Tantôt, l'odeur se fait plus pénétrante, plus agressive, presque poisseuse. On finit par s'y habituer et même par ne plus la sentir.

50 La nuit, les flammes des fournaises s'élèvent à des hauteurs vertigineuses et font danser leurs ombres sur les sapins alentour. C'est un spectacle hallucinant, dantesque[2], une nuit de Walpurgis*.

---

* Selon la légende, sorciers et sorcières se réunissent pour fêter le sabbat pendant la nuit de Walpurgis, le 1er mai.

1. Excavatrice : engin pour creuser le sol.

2. Dantesque : effroyable, comme le sont les évocations de l'Enfer dans l'œuvre de l'écrivain italien Dante (1265-1321).

La chaleur est infernale. Le brasier ronfle et semble vouloir engloutir tout ce qui passe à sa portée. On distingue, au centre, d'énormes amas de cendres écarlates et noires parcourues de soubresauts, de frémissements de bêtes carnivores. Des corps entiers s'y dessinent qui fondent lentement dans les flammes. Sans cesse, des prisonniers suants, noirs de crasse et de suie, alimentent en dépouilles humaines ce feu insatiable. La nuit, il m'arrive de quitter les bras d'Anna pour le retrouver. Nous nous sommes surpris, tous autant que nous sommes, à venir furtivement le contempler, comme s'il possédait un pouvoir magnétique qui nous attirait à lui sans que nous puissions nous y soustraire.

J'avais rêvé de flammes purificatrices, mais jamais je n'aurais osé imaginer celles que je vois se tordre devant moi, chaque soir, me brûlant la face. Jamais je n'aurais osé imaginer que la haine pour un peuple pourrait être portée à un tel degré d'incandescence.

28 juillet 1942

Stangl nous a annoncé ce matin que la Wehrmacht poursuit sa route en direction de Stalingrad. Aux dernières nouvelles, Hitler a envoyé deux régiments en direction du sud, afin de s'emparer des gisements pétroliers de Maïkop, Groznyï et Bakou. Le Caucase est aux mains des nazis. Rommel a quasiment atteint le canal de Suez. Tout cela incite résolument à l'optimisme !

J'ai repensé cette nuit aux paroles d'Anna et aux avertissements que lui ont donnés les Polonais. Si elle ne m'avait pas rencontré, on l'aurait à coup sûr liquidée à un moment ou un autre. Elle est un témoin gênant et le secret le plus absolu doit entourer l'*Aktion Reinhard*. D'ailleurs, nous nous sommes tous engagés solennellement à ne parler en aucun cas de ce que nous voyons et faisons ici, dans quelque circonstance que ce soit. Je tremble à l'idée de ce qui se passerait si mes camarades savaient que je tiens ce journal, non chaque jour, je n'en ai ni le temps ni l'envie, mais néanmoins de manière régulière et précise. J'éprouve un besoin irrépressible d'y revenir ; je suis persuadé que je ne puis penser véritablement que dans ma langue. Coucher par écrit mes pensées me libère et m'aide à supporter le quotidien, dans ce qu'il a précisément de plus insupportable.

90   Seule Anna est au courant de l'existence de ce cahier mais j'ai une confiance absolue en elle. Il m'est étrange et précieux de penser que mon amour pour elle la sauve. Le destin nous a définitivement liés l'un à l'autre de manière indissoluble.

8 août 1942

95   De nombreux changements ont eu lieu ces derniers jours. Le 19 juillet dernier, un ordre de Himmler est parvenu à Wirth, le sommant d'accroître la capacité des camps de Treblinka, Belzec et Sobibor. Il y était précisé que, à la fin du mois de décembre de cette année, toutes les populations juives du Gouvernement
100   général de Pologne devront avoir été exterminées. Le territoire devra être *Judenrein**!

Wirth a planifié l'ensemble des travaux qui ont tout d'abord commencé à Belzec, dès le mois de juillet. Les résultats ont été si satisfaisants qu'il a été nommé inspecteur pour les trois camps et
105   le *Hauptsturmführer* Gottlieb Hering a pris sa place à Belzec. Stangl a lui aussi bénéficié d'une promotion. Il est devenu le commandant de Treblinka, qu'il doit réorganiser de fond en comble, et Reichleitner a pris sa place ici. À ce propos, il semble que l'équipe de Treblinka a eu les yeux plus gros que le ventre : elle s'est en
110   effet révélée inapte à traiter correctement le matériel humain qu'on leur faisait parvenir. Wirth leur a envoyé l'*Unterscharführer* Erwin Lambert et le *Scharführer* Lorenz Hackenholt, responsables des chambres à gaz de Belzec. Ils superviseront les travaux de construction de « cabines de douches » supplémentaires.

115   Reichleitner m'a demandé de me rendre dès demain à Treblinka, en observateur. Ainsi, je serai à même d'organiser les

---

* « Libéré des Juifs ».

équipes de travailleurs quand nous commencerons les travaux ici, en septembre.

26 août 1942

120 J'ai retrouvé avec un bonheur sans pareil mon Anna, après ces deux semaines d'absence, et j'espère ne plus avoir à la quitter de sitôt.

Les nouvelles chambres à gaz sont achevées et leur capacité a été quasiment multipliée par sept : ceux de Treblinka peuvent traiter
125 quatre mille individus à la fois, désormais ! J'ai été impressionné par la façon dont ont été conduits ces travaux. C'est un groupe de quarante prisonniers juifs, provenant de Varsovie, qui les a menés à bien. Ils passaient près de quinze heures par jour sur le chantier et étaient dirigés par un Ukrainien nommé Woronikow.
130 Cet homme est d'une cruauté inconcevable. Il les faisait travailler à coups de bâton, et chaque jour des ouvriers étaient exécutés, simplement pour l'exemple. J'avoue ne pas pouvoir me faire à cette violence directe. Je ne suis certainement pas le seul à réagir ainsi. Konrad m'a expliqué que si les gazages ont été développés
135 dans de telles proportions, c'est précisément parce que les dégâts psychologiques chez les *Einsatzgruppen* du front de l'Est avaient été tels que la hiérarchie avait préféré utiliser des solutions plus « douces » pour les troupes. Qui plus est, le traitement industriel des individus est incroyablement plus efficace que n'importe
140 quel groupe de soudards armés jusqu'aux dents.

La difficulté a été de conduire les travaux tout en poursuivant les gazages, mais Stangl est d'une efficacité redoutable. J'ai beaucoup appris à son contact.

2 septembre 1942

145 Lambert et Hackenholt sont arrivés hier pour nous aider à construire les nouvelles chambres à gaz. Les trois malheureuses cellules bâties initialement ne pourront suffire à traiter la totalité des arrivants qu'on va nous faire parvenir à un rythme sans cesse

accéléré. Il est en effet prévu d'accueillir pas moins de vingt trains
150 de soixante wagons par mois, à l'avenir.

4 septembre 1942
Grande nouvelle ! Hier, la VIᵉ armée allemande et la IVᵉ armée
de panzers se sont retrouvées dans la banlieue de Stalingrad. La
victoire semble proche. Je me prends presque à regretter de ne
155 pas être au milieu de ces courageux combattants qui sont sur le
point de mettre l'Union soviétique à genoux.

20 septembre 1942
Nos équipes ont terminé la construction de six nouvelles
casemates en remplacement des trois cabines initiales. Nous
160 pouvons désormais traiter mille deux cents individus à la fois.
Le même moteur Diesel continue à fournir les gaz nécessaires
à l'opération. Une innovation dont nous pouvons nous enorgueillir est l'aménagement d'une petite voie de chemin de
fer de six wagons, qui relie les chambres à gaz aux fosses du
165 camp 3. Ainsi, nous pourrons transporter les corps de façon
plus efficace et conduire de nouvelles opérations avec un gain
accru de productivité.

11 octobre 1942
Rien de particulier si ce n'est que je suis très fatigué et peu
170 disponible pour tenir ce journal. Même si je ne m'en ouvre guère
aux autres, j'éprouve parfois de sérieuses inquiétudes concernant
la suite des événements. Les troupes allemandes qui assiègent
Stalingrad n'avancent plus et la résistance des Soviétiques est
plus acharnée que je ne l'imaginais. D'après ce que j'en sais, la
175 guerre dans le Pacifique semble tourner à l'avantage des États-
Unis. Des troupes américaines et britanniques ont débarqué
au Maroc et en Algérie. Si nous nous enlisons à l'Est et si un
second front s'ouvre au Sud, la situation risque de devenir très
préoccupante.

180   Au moins, de notre côté, le camp tourne à nouveau de façon satisfaisante. Les travaux sur la voie de chemin de fer ont été terminés fin septembre et nous avons pu reprendre « les opérations spéciales », pour utiliser le vocabulaire consacré. Les nazis ont le génie des euphémismes[1] ! Nous traitons essentiellement

185   des populations en provenance de Pologne et plus particulièrement de la région de Lublin qui était littéralement parasitée par les Juifs.

22 octobre 1942

       Il m'est arrivé quelque chose d'étrange aujourd'hui, un de ces

190   événements inexplicables et dont on ne peut effacer le souvenir de sa mémoire, quoiqu'on en ait le désir forcené. Un convoi assez lourd provenait d'Izbica. C'est à chaque fois un singulier spectacle que de voir arriver ces wagons sur la rampe. Ils avancent au pas et s'immobilisent dans un concert de freins assourdissant. À

195   travers les lucarnes grillagées des wagons, on aperçoit des visages blafards, effrayés. Les Ukrainiens ouvrent les portes et c'est la cohue des effarés qui commence. D'habitude, je ne vois qu'un troupeau dans ce flot. Ils descendent sur le quai épuisés, les yeux éblouis par la lumière qu'ils n'ont pas vue depuis des jours, sales

200   à faire peur, dépourvus de cette dignité qui force l'admiration chez les peuples forts. Comment éprouver de la compassion pour eux quand ils n'inspirent que du mépris ?

       On les mène à l'abattoir et ils ne se révoltent pas, malgré les cris, les insultes, les coups. Ils semblent ne vouloir se douter de

205   rien, confiants en leur Dieu ou en je ne sais quoi, incapables de concevoir ce que nous avons imaginé pour eux.

       Toujours est-il que je détaillais cette horde misérable, que les Ukrainiens regroupaient énergiquement, lorsque j'ai croisé le regard intense d'un grand vieillard. Ça n'a duré qu'une seconde

---

1. Euphémismes : expressions atténuées, adoucies d'une idée qui aurait pu être choquante ou déplaisante.

210 mais je m'en suis senti déstabilisé. À ce moment, Bolender est venu m'importuner avec un de ces problèmes d'intendance qu'il affectionne. Il m'a tendu un document à signer et j'ai momentanément oublié le vieil homme. Quand j'ai relevé la tête, les yeux de l'inconnu étaient toujours posés sur moi.

215 J'ai pris le temps d'étudier sa physionomie. D'habitude, ils n'osent nous regarder en face et se détournent, domptés par la crainte. C'était un homme âgé de soixante-dix ans, peut-être, avec un visage semblable à ceux qu'ils prêtent à leurs prophètes : le front haut et parcouru de rides profondes, les cheveux argentés,

220 des sourcils épais et une barbe d'un blanc éblouissant. Comme il dépassait ses congénères d'une bonne tête, j'apercevais le haut de son corps. Il portait une veste noire de bonne coupe et une chemise blanche. Il émanait de sa personne une dignité, une autorité incontestable et j'ai pensé que ce devait être un pro-

225 fesseur ou un médecin. Un rabbin peut-être. Wagner a formé les groupes et leur a servi son petit discours habituel. Le vieil homme s'est tourné vers lui et l'a écouté.

Il arrive que les visages de certains expriment de l'hésitation ou de la défiance vis-à-vis des propos de celui qui est chargé de

230 les accueillir, mais là, j'ai bien vu que le vieillard n'en croyait pas un mot. Il a haussé les épaules et m'a contemplé, avec une insupportable sérénité.

Il m'a alors paru que le monde se taisait. Tout était silence. Il n'y avait plus rien que cet homme qui semblait me dire : « Je

235 sais ce que vous allez faire de moi. Je ne suis pas dupe. »

Quelqu'un m'a parlé. Le charme s'est rompu et le vacarme a empli le camp. Les groupes se sont ébranlés et la troupe d'hommes est passée devant moi, huée, bousculée sans ménagements par les gardes. Le vieil homme ne me quittait pas des yeux. En passant

240 à ma hauteur, il a marqué un léger temps d'arrêt, indifférent à la bousculade, et il a prononcé un mot que je n'ai pas compris, quelque chose comme : *Zakhor*. Puis il a suivi les autres, vers la *Himmelstrasse*, sans même se retourner.

245 Il avait une voix de chantre [1] : mélodieuse, profonde et grave. Qu'avait-il dit ? Pourquoi s'était-il adressé à moi ? Et à moi seul parmi tous les autres ? Je ne croyais pas à une insulte. Je suis resté muet. J'ai senti mes jambes vaciller. Soudain, j'étais honteux. À la merci d'un gouffre qui venait de s'ouvrir au plus profond de moi. On les a emmenés vers le boyau, vers les chambres à gaz

250 et je n'ai pas eu la présence d'esprit de le faire revenir, de lui demander le sens de ce qu'il avait proféré. À l'heure qu'il est, son corps a dû rejoindre les bûchers d'incinération. Bientôt, il n'en restera plus que des cendres. Je ne sais rien de lui, pas même son nom. Et je ne chercherai pas à le savoir, pas plus que

255 le sens de ce mot.

« *Pulvis es** … »

Ici, le récit s'est interrompu pendant six mois avant de reprendre. De nombreuses pages manquaient encore, mais pas suffisamment pour couvrir une telle période. L'a-t-il consigné

260 ailleurs ? A-t-il été dans l'incapacité d'écrire ? Il n'y fait aucune allusion.

26 avril 1943

La provenance des populations que nous traitons est très variée tant les Juifs ont parasité l'Europe entière : Pologne évidemment,

265 Hollande, Belgique, Slovaquie, je ne peux les citer tous.

Hier, j'ai été troublé de voir arriver des Juifs français. Entendre ma langue ici, si loin de chez moi, m'a profondément ému. Je n'ai évidemment pas cherché à échanger le moindre mot avec eux mais une incontrôlable vague de nostalgie m'a submergé.

270 Retournerai-je un jour en France ? Anna m'y accompagnera-t-elle ?

---

* « Tu es poussière... »
1. Voix de chantre : voix forte et sonore.

Ici, il manque encore une dizaine de pages, maladroitement déchirées.

30 mai 1943

275 L'état d'Anna s'améliore de jour en jour. J'étais incapable d'écrire depuis son opération, préférant m'épuiser au travail pour ne plus avoir à penser. Anna a failli mourir à la suite de son accident. Elle a perdu l'enfant qu'elle attendait et a été victime d'une infection qui a bien failli lui être fatale. Le médecin venu

280 de Lublin a fait des miracles.

Comment surmonter mon sentiment de culpabilité ? Je sais que je suis le premier responsable de l'état d'Anna et de la mort de mon fils, celui qui aurait été mon fils. J'ai terriblement peur qu'elle me haïsse, qu'elle ne veuille plus de moi. J'ai peur de ce

285 que nous allons devenir.

La venue de cet enfant n'était pas souhaitée. Anna s'est rendu compte qu'elle était enceinte au début du mois de février et me l'a tout d'abord caché. J'ai très mal pris la chose quand elle me l'a annoncé, le 27 avril dernier pour être exact, mais, en

290 dépit de ma réaction négative et malgré nos conditions de vie extrêmement difficiles, elle s'est obstinée à vouloir le garder. C'était une vraie folie et Konrad m'avait persuadé de la nécessité d'un avortement. Devant l'entêtement d'Anna – elle a reçu une éducation catholique, avorter est pour elle inconcevable – il m'a

295 promis qu'il l'éloignerait du camp dès la naissance de l'enfant.

Et l'imprévisible a eu lieu.

Mais pour comprendre comment les choses se sont exactement passées il faut remonter au premier soir de mai. Anna était couchée. J'avais besoin de parler, de m'épancher, d'agiter des

300 mots et des idées. J'ai retrouvé Konrad et nous sommes partis marcher dans les chemins autour du camp.

Anna apprécie peu que nous nous fréquentions, Konrad et moi. Elle le nomme entre nous « mon mauvais génie ». Anna s'imagine qu'il exerce une influence trop déterminante sur ma

305 pensée et ma conduite. Elle ne veut pas admettre que je suis, moi aussi, capable de libre arbitre et de réflexion. Il se trouve que nous partageons un grand nombre de convictions, voilà tout.

Bref, Konrad et moi discutons de l'avenir de l'Europe, de nos engagements, de la fidélité à nos convictions et des moyens pour 310 les mettre en œuvre. Je lui ai fait part de mes interrogations. La défaite et le repli des troupes allemandes face aux Soviétiques en février dernier m'avaient porté un rude coup au moral. La Wehrmacht a dû se replier du Caucase. La situation en Asie n'est guère meilleure. Konrad a balayé mes inquiétudes d'un geste.

315 — L'Allemagne dispose de ressources que vous ne soupçonnez guère. Nous vaincrons parce que notre combat est juste !

La formule n'admettait pas de réplique et j'ai préféré changer de sujet. Nous avons évoqué une fois de plus le cas de ce cher Eichmann, célèbre pour sa couardise mais planificateur efficace. 320 Konrad m'a demandé :

— Et toi, mon cher Jacques, oserais-tu te risquer à autre chose qu'un simple travail d'organisation ?

Comme je lui demandais de préciser sa pensée, il a poursuivi :

325 — J'admets que ta collaboration est sans faille, que tu participes avec cœur à notre programme. Mais serais-tu capable, toi-même, d'éliminer quelques-uns de nos chers *Juden** ?

Une vague de frissons a parcouru mes membres. J'ai demandé :

330 — En d'autres termes, tu me demandes si je pourrais tuer de sang-froid ?

Mon ami a éclaté de rire.

— Non, cela tu le fais depuis des mois, même si tu prends garde à ne pas te salir les doigts. Je te demande plus simplement si tu 335 aurais le courage de transformer une idée en acte et de tuer, non par procuration, mais, comment dire, de tes propres mains ?

---

* « Juifs ».

Il ne s'agirait pas d'un acte gratuit, à la manière du Lafcadio*
de Gide, mais d'un acte délibéré, chargé de sens. Un acte qui
t'engage.

340   J'avais du mal à avaler ma salive. Konrad avait parfaitement
perçu mon trouble. Il m'a invité du regard à répondre.

De ma vie je n'ai tué, pas même un animal. À l'époque où
je pensais partir sur le front de l'Est, je m'étais bien entendu
interrogé sur ma capacité à donner la mort. Je savais qu'au cours
345   d'un affrontement je trouverais la force de le faire. Mais ainsi,
froidement, face à un homme désarmé…

Konrad avait semé le doute dans mon esprit en affirmant que
je savais tuer de sang-froid. Depuis plus d'un an, des dizaines de
milliers d'hommes, de femmes et d'enfants étaient morts ici, mais
350   je me sentais à mille lieues d'eux. Je déclinais toute responsabilité.
J'exerçais une fonction, j'obéissais à des ordres. Rien de plus. Je
ne me considérais pas comme un meurtrier.

Je me souviens parfaitement de ce jour de mars 1942 où Konrad
m'a annoncé la destination de ce camp. J'avais été soufflé par
355   l'énormité du projet. Assommé. Ma haine des Juifs ne m'avait
jamais conduit à de telles imaginations. Pour moi, il fallait les
envoyer ailleurs, au diable, le plus loin possible et les priver de
leur pouvoir de nuisance. Konrad m'a alors expliqué que c'est
ce que ses supérieurs avaient cru eux aussi, dans un premier
360   temps. Il leur était apparu que la mise en œuvre d'un tel projet
aurait été trop complexe. Il ne fallait plus repousser le problème,
il fallait traiter le mal à la racine et l'extirper définitivement. Les
Juifs devaient disparaître physiquement d'Europe et du reste
du monde. Notre devoir était de les éliminer en masse et d'uti-
365   liser à cet effet les techniques les plus efficaces. Ses arguments
m'avaient d'abord révolté, puis lentement séduit. Ils avaient le
mérite d'être simples et définitifs.

---

* Dans *Les Caves du Vatican*, roman d'André Gide, un personnage, Lafcadio, commet un
crime, sans raison, de manière parfaitement «gratuite», pour affirmer sa liberté.

La voix de Konrad m'a tiré de mes pensées.

– Alors ?

370 Il voulait évidemment me mettre à l'épreuve. Je lui ai demandé :

– Et toi, le pourrais-tu ?

– Mais je l'ai déjà fait, mon cher, et plus d'une fois. Ici en Pologne, mais aussi en Ukraine, en Russie, en 41 et 42, en com-
375 pagnie des *Einsatzgruppen*. C'est un excellent exercice qui forge le caractère.

J'ai frémi, n'ignorant rien de ces *Einsatzgruppen* : Konrad m'en avait parlé à plusieurs reprises. Ils s'étaient chargés de l'élimination systématique des populations juives dans les territoires conquis.
380 Stangl m'a raconté les pires horreurs sur leurs méthodes. J'ai observé avec attention Konrad, ne parvenant à savoir s'il était sérieux ou s'il mentait pour m'éprouver. Je ne le voyais guère, distingué, cultivé, civilisé comme il l'était, souiller ses mains avec le sang de ceux dont il planifie l'extermination. Konrad est un
385 donneur d'ordres, pas un exécutant.

Nos pas nous avaient ramenés aux portes du camp. Konrad m'a serré la main et m'a souhaité de très beaux rêves.

Cette nuit-là, j'ai mal dormi. Les paroles de mon ami réson-naient dans ma tête. J'étais complice des nazis, certes, mais j'étais
390 cependant inapte à éliminer moi-même ceux que, par mon action, je condamnais à disparaître. Jusqu'ici, je m'étais contenté d'un rôle de rouage modeste mais efficace. Aujourd'hui, Konrad me demandait une forme d'engagement supplémentaire. Un acte qui sanctifie le pacte que nous avions conclu un an auparavant.

395 L'occasion ne s'est pas présentée avant le 21 mai. Ce jour-là, est arrivé en gare un convoi comportant deux mille cinq cent onze Juifs, du camp de regroupement de Westerbork, en Hol-lande. Nous avons fait descendre les passagers et nous les avons rassemblés par sexe afin de les envoyer au camp 3 dans les délais
400 les plus brefs. D'habitude, nous laissons les mères avec leurs enfants, mais exceptionnellement, ce jour-là, pour des raisons

qui m'échappent encore, nous avons dû les séparer. Tout se passait le mieux du monde quand un sinistre petit crétin s'est échappé du groupe dans lequel il avait été placé pour courir vers sa mère, qui l'a rejoint, en dépit des ordres stricts qu'on leur avait donnés. Ce type de comportement est du plus mauvais effet. Il génère la plupart du temps des complications insolubles, voire des mouvements de révolte chez les nouveaux arrivants ainsi que chez les Juifs qui travaillent dans le camp. Ce n'est évidemment pas à un officier de régler de tels problèmes, mais ces imbéciles d'Ukrainiens se laissaient dépasser par les événements. J'étais le plus proche, je me suis précipité pour ordonner à la femme et à l'enfant de retourner d'où ils venaient. Elle s'est mise à hurler comme une folle et son gamin a refusé de se détacher d'elle. Je ne savais plus quelle attitude adopter et commençais à perdre contenance. C'est alors que j'ai vu Konrad, à dix mètres de là. Il m'examinait avec une intensité incroyable. J'ai compris qu'il attendait de moi un geste exemplaire. Tous me regardaient d'ailleurs, personnel du camp, prisonniers, retenant leur souffle.

J'ai sorti mon arme et j'ai abattu l'enfant. Curieusement, je n'ai rien ressenti. Ni joie, ni haine. Rien. J'avais l'impression d'assister à une scène à laquelle je ne prenais pas part. J'étais le spectateur de mes propres actes, un spectateur étonnamment indifférent.

Sous l'impact de la balle, le garçon a été projeté en arrière et s'est effondré. Sa mère est restée figée, la bouche ouverte. Je me souviens d'avoir pensé : « Tiens, elle ne crie plus. » Alors, à son tour, je l'ai abattue. J'ai souri à Konrad mais son visage s'était figé. Il fixait un point derrière moi, l'air terriblement ennuyé. Je me suis retourné.

Anna était là, qui avait tout vu. J'ai lu l'horreur sur ses traits et quelque chose qui ressemblait à la folie. J'ai lâché mon arme. Quelqu'un a hurlé des ordres. Les Ukrainiens ont rassemblé les prisonniers à coups de gourdin et les ont emmenés. Anna a pris sa tête entre ses mains et a roulé au sol, inanimée.

On l'a conduite à l'infirmerie, mais dès qu'elle est sortie de son évanouissement, elle s'en est échappée et a réussi à retrouver la mère et l'enfant. On avait traîné les corps dans un baraquement en attendant de les conduire vers les fosses. Par bonheur, l'infir-
440 mier l'a rapidement retrouvée et l'a conduite chez nous. Il m'a raconté qu'elle avait fouillé dans le sac à main de la femme. Anna paraissait obsédée par l'idée de savoir qui ils étaient, elle et son fils, et d'où ils venaient. Le soir, elle m'a appris qu'ils étaient des Juifs allemands réfugiés depuis 1938 en Hollande. Ses larmes ont
445 redoublé quand elle m'a dit que le mari de cette femme était mort pendant le transport, la veille de leur arrivée. Comme je m'étonnais qu'elle en sache autant, elle m'a montré un petit carnet que la femme avait tenu depuis son départ de Westerbork.

Furieux, je le lui ai arraché des mains et je l'ai déchiré. Anna
450 a blêmi et m'a demandé de la laisser seule.

Au matin, elle a été prise de convulsions et a perdu l'enfant qu'elle portait. C'était il y a un peu plus d'une semaine et, jusqu'à ces jours derniers, j'ai bien cru qu'elle allait me quitter. Ce matin, elle m'a dit : «Emmène-moi loin d'ici, je t'en prie.»
455 Je le lui ai promis. Mais je ne sais ni où, ni quand.

2 juin 1943

Anna se remet peu à peu. Elle est encore faible mais j'espère de tout mon cœur qu'elle est maintenant définitivement tirée d'affaire. Elle a énormément changé et beaucoup maigri, ce qui ne
460 laisse de m'inquiéter car elle persiste dans son refus de s'alimenter. Je ne la reconnais plus. Elle reste la plupart du temps silencieuse et paraît profondément déprimée. Quand je lui demande ce qui ne va pas, elle se tait ou me regarde sans mot dire. Je n'ai pas le courage d'affronter ses yeux. Alors je m'en vais.

465 *4 juin 1943*

Aujourd'hui un convoi de trois mille individus est arrivé au camp. Évidemment, les opérations ne peuvent s'exécuter dans le calme et Anna a tout entendu. Ce soir, elle a à nouveau refusé de manger, de me parler. Elle demeure la plupart du temps assise à marmonner et à se balancer d'avant en arrière. J'ai peur qu'elle ne perde la tête.

Je m'en suis ouvert à Konrad qui m'a promis d'agir promptement pour nous évacuer. Il faut que je patiente encore un peu.

Pourquoi a-t-il fallu qu'elle soit là, ce maudit jour ? Tout serait tellement plus simple aujourd'hui.

Le journal de Jacques Desroches s'interrompait sur ces mots. Sur le bas de la page, j'ai reconnu l'écriture de Mamouchka, et cette manière si particulière de former les lettres. Il était noté, sans aucun commentaire : *Jacques Desroches est parti se battre sur le front russe. Il y est mort le 3 juillet 1943.*

J'ai refermé le cahier. Mes mains tremblaient, mes dents claquaient. J'avais mal, j'avais honte. De quelle espèce était ce monstre qui avait pu tenir son journal, consignant ses états d'âme avec une minutie satisfaite, indifférent aux hommes, aux femmes, aux enfants qui descendaient des wagons et mouraient asphyxiés avant d'être jetés dans des fosses puis brûlés ? Et cela pour la seule et unique raison qu'ils étaient juifs.

Je me suis allongée et je me suis blottie sous les couvertures. Je grelottais. Trop de questions s'entrechoquaient dans ma tête, dans une sarabande vertigineuse. Mamouchka morte, j'ignorerais toujours ce qui s'était passé après Sobibor. Où étaient-ils allés ? Quel était le plan qu'avait essayé de tramer von Lebbe pour leur permettre de s'en tirer et pourquoi n'avait-il pas fonctionné ? Pourquoi Jacques Desroches avait-il abandonné ma grand-mère et comment était-il mort en Russie ? Pourquoi Mamouchka avait-elle été épargnée et dans quelles circonstances avait-elle échoué dans cette ferme où travaillait mon grand-père ? Enfin comment avait-elle pu l'aimer si vite après ?

Ce carnet était comme une braise que j'aurais saisie à pleine main. J'en savais plus que quiconque, à présent. Que faire de ce secret ? En parler à mes parents ? Je les aurais blessés. À mon grand-père ? C'était inimaginable. J'avais appris qu'Anna, son Anna, avait attendu un enfant d'un autre qu'elle avait aimé plus que tout, au point de lui pardonner l'impardonnable !

Il restait encore pour moi un mystère insondable. Comment ma grand-mère avait-elle pu vivre pendant et après cela ? Les êtres humains peuvent-ils à ce point fermer leurs yeux et tirer un trait sur le passé ? Ne leur pèse-t-il pas davantage sur les épaules ?
30 Comment acceptent-ils de vivre avec leurs remords ? Mamouchka n'avait certes tué personne, elle s'était insurgée[1] contre le crime qu'avait commis son compagnon d'alors. Mais avant ? Elle avait accepté de vivre dans un camp où l'on exterminait des êtres humains, et cela malgré son éducation, sa foi, complice de ces
35 atrocités.

Elle-même, si ce Jacques ne l'avait pas aimée, sans doute l'aurait-on froidement éliminée, comme la plupart des témoins des crimes commis par les nazis. La vie d'une petite Polonaise ne valait pas non plus bien cher, à cette époque…

40 Était-ce là le secret de cet amour pour Jacques ? Une fascination morbide, une reconnaissance inconsciente, forcenée, parce qu'elle lui devait la vie, au point de tout accepter ? Était-ce pour cela qu'elle avait gardé avec elle ce cahier qui aurait pu lui causer les pires ennuis s'il avait été découvert ? Petit à petit,
45 une image de ma grand-mère que jamais auparavant je n'aurais pu imaginer m'est apparue. S'était-elle tournée par la suite vers mon grand-père parce qu'elle avait vu en lui le seul moyen de se sortir de cet enfer ? L'avait-elle aimé vraiment ? Ma grand-mère n'avait-elle été qu'une médiocre intrigante[2], passant d'un
50 homme à un autre au gré de son intérêt ? Mais alors, pourquoi avoir risqué cent fois sa vie pour retrouver mon grand-père, plutôt que d'aller se réfugier en Pologne ? Sa famille aurait sûrement cherché à la protéger.

Qu'en était-il, d'ailleurs, de sa famille ? Depuis la fin de la
55 guerre, pas une fois elle n'avait cherché à la contacter. C'était de l'histoire ancienne, disait-elle. Son père et sa mère étaient

---

1. **Insurgée** : révoltée.
2. **Intrigante** : femme qui a recours aux liaisons amoureuses pour arriver à son but.

morts au cours d'un bombardement. Rien ni personne ne la rattachait à son pays natal.

60 Je me rends compte, aujourd'hui, que je m'épuisais à cher- cher des explications. Je tentais de la comprendre, de justifier ses actes mais je savais bien, au fond de moi, que tout cela n'ex- cusait rien.

Rien. Même si cela paraît impensable, Mamouchka avait pu vivre heureuse à Sobibor, du moins au début. Elle avait pu évacuer 65 de ses pensées, de sa mémoire, ceux qui mouraient autour d'elle et côtoyer d'infâmes salauds. J'aurais mille fois préféré me tuer plutôt que de m'associer à une œuvre aussi monstrueuse. Mais ces gens comprenaient-ils leur monstruosité ? J'en doute. Ils se comportaient comme les employés d'une entreprise chargée de 70 détruire la vermine. Ils avaient une tâche à accomplir, ils l'ac- complissaient, sans états d'âme. L'important était que le travail soit bien fait. Ils étaient efficaces, professionnels.

Impeccables.

Je me suis assise et j'ai repris le cahier. Il me faisait horreur 75 et me fascinait tout à la fois. Je savais que je ne pourrais m'em- pêcher de le relire encore et encore afin d'y chercher je ne sais quoi. J'étais comme anesthésiée.

Mamouchka…

Dire qu'après les années qui avaient suivi la guerre, elle avait 80 pu aimer, avoir des enfants, les chérir, puis voir grandir ses petits- enfants et les chérir à leur tour, sans que rien ne se sache, rien ne transparaisse ! On pouvait donc dissimuler à ce point ? Et si ma grand-mère avait pu le faire, combien d'autres tout comme elle ? Bien sûr, de temps en temps, à l'issue d'un procès retentissant, un 85 notable [1] outragé finissait par payer le prix de sa collaboration, de sa complicité, active ou passive. Mais les autres, les innom- brables rouages de la machine de mort, qu'étaient-ils devenus ? Coulaient-ils des jours heureux, entourés de leurs proches, res-

---

1. Notable : personne qui occupe une position sociale importante.

pectés? Oubliés. Tous ces Stangl, Wagner, Wirth, von Lebbe,
90 qu'étaient-ils devenus? Morts ou miraculeusement rescapés?
Reconvertis? Aimés, appréciés de leur femme, de leurs enfants,
de leurs amis? Et combien avec eux de secrets bien cachés, de
cadavres dissimulés, de preuves escamotées?

J'ai repris le cahier, lisant au hasard les phrases qui tombaient
95 sous mes yeux. L'ongle de mon pouce allait et venait sur le bord
de la couverture. Machinalement, je l'ai enfoncé entre celle-ci et
le carton qu'on avait utilisé pour la renforcer. La colle était vieille,
très sèche, elle a cédé. J'aurais pu ne pas y prêter attention mais,
je ne sais pourquoi, j'ai cherché à agrandir la fente. Bientôt, j'ai
100 pu y introduire l'index tout entier. Il a rencontré un obstacle
dentelé, un peu coupant.

J'ai achevé de décoller la couverture. À l'intérieur, il y avait
la photo d'une belle jeune femme. Je m'attendais à reconnaître
Mamouchka mais j'ai découvert le visage d'une autre qui lui
105 ressemblait vaguement. Elle était blonde, avec un visage trian-
gulaire et de magnifiques yeux sombres plissés par un sourire.
L'inconnue regardait celui qui tenait l'appareil avec un regard
débordant de complicité. J'ai retourné le cliché et j'ai lu, de
la main de Mamouchka : *Eva Hirschbaum, réfugiée à Amsterdam,*
110 *maman de Simon. Décédée à Sobibor le 21 mai 1943.*

Le temps s'est arrêté. Je regarde la photo de cette femme. Je
connais son destin. Je ne sais rien de sa vie, rien que cet épisode
épouvantable où son existence et celle de son fils se sont inter-
rompues. Je suis celui qu'elle regarde et je pleure.

115 Je ne sais pas combien de temps je suis restée ainsi, à laisser mes larmes couler. Jusqu'à ce que me vienne l'idée d'aller
inspecter la seconde page de couverture. J'ai inséré mon ongle
entre les deux feuilles qui se sont à leur tour décollées avec
de minuscules crépitements. J'ai retenu ma respiration tandis
120 que mon doigt forçait l'étroite ouverture. J'ai tâtonné un court
instant avant d'effleurer le bord d'une seconde photo, que j'ai
extraite de sa cachette.

Je l'ai immédiatement reconnu. C'était lui, Jacques Desroches !
Jeune, beau, blond, sanglé dans un uniforme noir qui souligne la
largeur de ses épaules et la minceur de sa taille. Deux profondes
rides de chaque côté de la bouche lui confèrent un air ascétique[1],
impitoyable. Au col, les deux « S » stylisés.

Rien qu'un bourreau.

J'ai eu envie de hurler. Je sentais que j'allais perdre la tête.
J'ai trouvé la force de me lever et de fourrer le cahier dans mon
bureau, sous une pile de cours. Là où personne n'aurait l'idée
de fouiner. Ensuite, je suis allée à la salle de bains, j'ai ouvert
l'armoire à pharmacie et j'ai attrapé une boîte de somnifères
que je savais y être cachée. Je suis retournée me coucher et j'ai
tout avalé.

---

1. **Ascétique** : austère, sévère.

Un quiz pour commencer

Cochez les bonnes réponses.

❶ *Quand il part à la guerre, que redoute Jacques Desroches ?*
☐ Il craint de mourir au front.
☐ Il craint d'avoir à tuer un autre homme.
☐ Il craint de ne pas être utile.

❷ *Quand Jacques Desroches arrive-t-il à Sobibor ?*
☐ Un an avant la destruction du camp.
☐ Peu après l'entrée en fonction du camp.
☐ Pendant la construction du camp.

❸ *Que manque-t-il dans le camp 3 de Sobibor ?*
☐ La voie ferrée.
☐ Les baraquements des prisonniers.
☐ L'infirmerie.

❹ *Quel passé commun partagent les compagnons nazis de Jacques Desroches ?*

☐ Ils viennent du même village.

☐ Ils se sont battus ensemble sur le front de l'Est.

☐ Ils ont participé à une opération d'extermination de handicapés.

❺ *Que pense Jacques Desroches des premières semaines à Sobibor ?*

☐ Il est exalté à l'idée de participer à une aventure palpitante.

☐ Il est déçu : c'est un endroit où il ne se passe rien d'important.

☐ Il est horrifié par les mauvais traitements infligés aux prisonniers.

❻ *Quel est le premier événement qui déstabilise Jacques ?*

☐ La rencontre d'un vieil homme juif conscient de sa mort prochaine.

☐ Le meurtre d'Eva Hirschbaum.

☐ Le bûcher sur lequel on fait disparaître les corps des Juifs assassinés.

❼ *Quelles sont les premières pages arrachées du journal ?*

☐ Le début du journal, quand Jacques Desroches arrive en Allemagne.

☐ Les pages où il décrit sa rencontre avec Anna.

☐ Le moment où il apprend que Sobibor est un camp d'extermination.

❽ *Sur quel événement se termine le journal de Jacques Desroches ?*

☐ Le départ de Jacques et d'Anna loin de Sobibor.

☐ Le retour de Jacques en France, accompagné d'Anna.

☐ L'annonce de la mort de Jacques.

❾ *Que trouve Emma dans la couverture du journal ?*

☐ La carte d'identité de Jacques Desroches.

☐ Des photographies.

☐ Un article de journal sur Sobibor.

Des questions pour aller plus loin

👉 Analyser l'insertion du journal dans le récit

La description de Sobibor dans le journal de Jacques Desroches

❶ À partir de la description du camp datant du 21 février 1942, faites un plan de Sobibor et placez les différents éléments qui composent le camp et ses alentours : les 3 *Lager*, la gare, la voie ferrée, le sentier bordé de barbelés, la forêt de sapins, le village de Sobibor. Quelle partie du camp est appelée la *Himmelstrasse* ? Pourquoi est-ce ironique ?

❷ Dressez la liste du personnel de Sobibor qui apparaît dans le journal de Jacques Desroches et précisez les fonctions de chacun des personnages (ou groupes de personnages). Cherchez dans cette liste les personnages historiques.

❸ À quelle date arrivent les premiers convois de déportés ? Expliquez comment ils sont accueillis et pourquoi.

❹ Quelles scènes retiennent particulièrement l'attention dans ces pages de journal ?

❺ Les faits rapportés sont-ils fidèles à la réalité ? Quelle est la part d'invention que s'est autorisé l'auteur ?

❻ Qu'apporte, à votre avis, le choix du journal intime pour évoquer cette réalité ?

La parole d'un des bourreaux

❼ Quelle est la place de Jacques Desroches dans la hiérarchie du camp ? Quel est son rôle ?

❽ Quel jugement porte-t-il sur ses compagnons ? Faites la liste des reproches qu'il leur fait et des qualités qu'il leur trouve.

❾ Relevez les termes employés par Jacques Desroches pour évoquer les Juifs qui arrivent à Sobibor. Ce vocabulaire est-il neutre ou non ?

❿ Comparez les deux récits de la mort d'Eva Hirschbaum en reproduisant le tableau suivant.

	Récit liminaire (p. 12-14)	Récit du chapitre 11 (p. 114-116)
Qui est le narrateur ?		
À quelle époque le récit est-il fait ?		
Quels sont les faits importants racontés ?		
Qu'apprend-on sur ce qui a eu lieu avant le meurtre ?		
Quels sont les types de phrases employés ?		
Certains mots trahissent-ils les sentiments ou l'opinion du narrateur ?		
Quels sont les sentiments du narrateur face à ce qu'il raconte ?		

Les réactions face à l'extermination

⓫ Relevez les différents éléments descriptifs qui concernent Von Lebbe ? Que peut-on en conclure ?

⓬ Quels sont les différents sentiments qu'Anna connaît à Sobibor ? Précisez pour qui (ou pour quoi) et à quel moment elle les éprouve.

⓭ Quelles pages du journal ont été arrachées ? Que peut-on supposer sur ce qu'elles contenaient ?

⓮ Qui a pu déchirer ces pages ? Pour quelles raisons ?

⓯ Retrouvez les passages où Emma intervient dans les chapitres 9 à 12. Quels sont les différents sentiments qu'elle éprouve ?

⓰ Quel type de phrase domine le début du chapitre 12 ? Pour quelles raisons le fait de connaître cette partie du passé de sa grand-mère la bouleverse-t-elle à ce point ?

Rappelez-vous !
Le journal intime est d'abord une forme d'écriture pour soi : au jour le jour, l'auteur du journal (le diariste) note les événements qu'il vit, ses pensées, ses réactions. Au fil des pages peuvent être évoqués à la fois des événements extérieurs au diariste et des événements intérieurs (réflexions, questionnements, jugements...).

De la lecture à l'écriture

Des mots pour mieux écrire

❶ Reliez les mots de la colonne de gauche au sens qui convient, puis faites une phrase avec chacun d'eux.

Ressentiment • • Sentiment qui nous fait ressentir et partager les souffrances des autres.

Condescendance • • Accord amical qui n'a pas besoin d'être formulé.

Compassion • • Sentiment de supériorité bienveillante mêlée de mépris.

Connivence • • Sentiment amer qui exprime un désir de vengeance.

❷ a. *Étudiez la composition des mots suivants pour expliquer leur sens* : irrépressible, indissoluble, inexplicable, impensable, impardonnable, inimaginable.
b. *À votre tour formez, sur le même modèle, des adjectifs à partir des verbes suivants et employez-les dans une phrase* : comprendre, calculer, avouer, lire.

À vous d'écrire

❶ Et si Jacques Desroches et Anna avaient été arrêtés et jugés.
Rédigez les deux actes d'accusation de leur procès après la guerre.
Consigne. Vous utiliserez des mots précis pour détailler les accusations
que l'on peut porter contre chacun des deux personnages (ce ne sont
pas les mêmes mais les deux sont coupables). Votre plaidoirie s'appuiera
sur un certain nombre de faits précis trouvés dans le cahier de Jacques.

❷ Après avoir lu le cahier de Jacques, Emma décide d'informer son père
de sa découverte. Imaginez la scène et la discussion qui s'ensuit sur ce
qu'il convient de faire de ce cahier.
Consigne. Vous insèrerez votre dialogue dans un récit. Emma et son
père échangeront leurs points de vue sur la voie à suivre : publier ces
informations, révéler ou non qui était Anna. Chaque point de vue devra
être justifié par deux arguments minimum.

Du texte à l'image

➡ Photographie de l'arrivée de déportés à Auschwitz-Birkenau en juin 1944.
(Image reproduite en début d'ouvrage, au verso de la couverture, en haut.)

👁 Lire l'image

❶ Où se situe cette scène ? D'après cette photo, que peut-on observer à propos des wagons qui ont servi à la déportation ?

❷ Qui sont les personnes photographiées ? Qu'est-ce qui permet de les identifier ?

❸ Quels sentiments peut-on lire dans leurs expressions ?

📄 Comparer le texte et l'image

❹ Cette photographie a été prise à Auschwitz-Birkenau, pourrait-elle cependant illustrer l'arrivée des déportés au camp de Sobibor telle que la raconte Jacques Desroches ?

❺ S'il fallait insérer cette photo dans le journal de Jacques Desroches, à quel moment précis la placeriez-vous ? Après ou avant quel événement ? Pourquoi ?

✏ À vous de créer

❻ Plusieurs éditions, dont celle que vous avez entre les mains, ont choisi d'illustrer la couverture par une représentation possible d'Emma. Et si l'on revenait au contraire à une évocation de Sobibor ? Faites les recherches nécessaires et proposez une nouvelle couverture du roman (1re et 4e de couverture).

Je me suis réveillée en réa[1]. Au matin, quand mes parents m'ont trouvée, je respirais à peine. Mon père m'a dispensé les premiers soins tandis que maman appelait les pompiers. Ils m'ont transportée aux urgences. On m'a lavé l'estomac, intubée, nourrie de force, contrainte à vivre. J'étais si maigre et si affaiblie qu'on m'a placée sous perfusion. Et dès que j'ai été en mesure de parler on m'a commis la psy de service…

Elle en a été pour ses frais, la pauvre, toute pimpante dans sa blouse blanche fraîchement repassée. Elle arrivait, avec un air de profonde préoccupation sur le visage, et s'asseyait au pied de mon lit. Elle tentait de me faire parler, ménageant de longs silences, lourds de signification, censés sans doute me conduire en douceur aux confidences. Je n'avais rien à dire. Je ne la regardais pas, je contemplais ses pieds. Je m'amusais de son impassibilité[2] de façade. Ils me parlaient tellement ses pauvres pieds, se croisant, se décroisant si je faisais mine de m'exprimer, suivant le rythme de ses pensées, de ses calculs, de ses supputations. Au bout de deux jours, elle m'a demandé pourquoi je souriais tout le temps. J'ai dit :

– Je pense à vos pieds.

---

1. Réa : service de réanimation d'un hôpital.
2. Impassibilité : indifférence.

Elle m'a regardée comme si je perdais la tête et m'a incitée à poursuivre. J'ai haussé les épaules et je me suis renfoncée sous mes draps. Elle a fini par laisser tomber.

Dès que j'ai retrouvé suffisamment de force pour me lever, je suis allée passer cinq mois au service psychiatrique de l'hôpital de Poitiers. C'est moi qui avais demandé à m'éloigner de ma famille. Je garde très peu de souvenirs du premier mois. Je dormais beaucoup. Je ne faisais rien. Je ne côtoyais pas les autres pensionnaires. J'étais ailleurs.

Les jours ont passé. Petit à petit, ma vie s'est organisée. J'avais rendez-vous chaque matin avec un psychiatre pour la thérapie que j'avais entreprise de bonne grâce. Je disais oui à tout. L'après-midi était réservé aux séances de groupe et aux activités artistiques.

On m'avait fait passer *un contrat de poids* avec l'équipe soignante ; je m'étais engagée à réapprendre à manger. Je pesais 35 kg pour 1,65 m et ne pouvais en aucun cas descendre en dessous de ce seuil. Le psy m'avait longuement expliqué dans quel état je me trouvais. J'étais gravement carencée. Ma dénutrition m'avait conduite à manquer des éléments nécessaires à ma survie. Mon taux de potassium était dramatiquement bas et je risquais d'avoir des problèmes cardiaques. J'ai dû me bourrer de pilules et de gélules pour me remettre en état. Mon amaigrissement avait en outre provoqué l'atrophie de certains muscles, y compris de muscles internes qui permettent le bon fonctionnement de l'estomac et des intestins. Il fallait que j'en sois consciente afin de comprendre et d'accepter les difficultés que je rencontrerais quand je me remettrais à m'alimenter. C'était bizarre d'entendre parler de ces organes que je devrais apprivoiser, moi qui avais voulu me passer d'eux pendant si longtemps. On m'a proposé de préparer mes repas avec l'équipe soignante, afin de me responsabiliser. J'ai accepté. J'ai joué le jeu. Je déjeunais, dînais avec eux, chaque jour.

Je les trouvais gentils, attentionnés. Ils me parlaient *de confiance à acquérir, de chemin à parcourir, de respect de soi, de mon corps que je*

55 *devais savoir «habiter», d'acceptation, de passage difficile à l'âge adulte.*
De deuil. J'acquiesçais. J'étais sensible à leurs paroles creuses parce
que je les savais sincères.

Je me soumettais de bonne grâce au rituel de la pesée. J'en-
trais dans une vaste salle aux murs recouverts de larges panneaux
60 de liège surchargés de feuilles punaisées. Au centre, trônait la
balance, juge suprême, infaillible et muet. Je m'avançais avec
recueillement, je montais en prenant bien garde de ne pas bouger
et j'attendais le verdict. Je suivais la course lente de l'aiguille qui
venait s'immobiliser sur le chiffre espéré et je le lisais à voix haute.
65 J'avais droit alors aux félicitations de l'infirmier qui notait avec
une ferveur de copiste mon poids sur un tableau tracé sur du
papier millimétré. Il y arrondissait soigneusement un point de
couleur qu'il reliait à l'aide d'une règle au point précédemment
tracé, puis il s'extasiait sur la ligne obtenue. Mon salut était lié à
70 cette courbe qui de semaine en semaine s'étirait vers le haut.

J'ai repris du poids : trois cents, quatre cents grammes par
semaine. Au bout de deux mois, mes parents ont été autorisés
à me rendre visite. J'étais heureuse et indifférente à la fois. On
m'a aussi permis de recevoir du courrier. Julien m'a écrit, je ne
75 lui ai pas répondu. J'avais la tête vide. Je ne souhaitais penser à
rien. Je ne vomissais plus.

Avec le poids, mes forces sont revenues progressivement. Et
avec elles le souvenir.

Est-ce qu'on peut savoir ce qu'on ignore? Ça peut sembler idiot d'écrire cela, et pourtant… Je crois que j'ai toujours su ce qui était tu. Mais comment? Par quel mystère? Tout avait été si bien occulté. Avec tant d'art, tant de machiavélisme.

Je ne racontais au psychiatre que ce que je voulais bien lui dire. C'était un grand type sympa, lunetté d'écaille, au visage serein, aux longs cheveux gris. Il me recevait dans son bureau meublé avec goût : des meubles bien dessinés, des boiseries, ces inévitables gravures que tout un chacun se croit obligé d'accrocher à ses murs pour montrer qu'il sait quelque chose, une bibliothèque bourrée à craquer de livres aux titres ésotériques[1], qui devaient en imposer à ceux qui venaient s'asseoir ou s'allonger ici.

Je m'installais dans le fauteuil moelleux, je m'absorbais dans la contemplation des plantes grasses et je me racontais. Je me cantonnais bien sûr à mes relations avec mes parents, avec Julien. J'exposais mes difficultés à m'exprimer, à m'alimenter; je décrivais mes vomissements, mes rêves. Je me contentais de lui servir ce qu'il avait l'habitude d'entendre. J'utilisais les propos des infirmiers pour construire une image cohérente de mon anorexie. Je parlais comme eux, avec leurs mots : *j'étais en souffrance, je devais faire mon deuil.*

J'avais plus de réticences à évoquer ma grand-mère, ma tentative de suicide. Il sentait bien qu'il y avait là un pôle de résistance,

---

1. **Ésotériques** : compliqués à comprendre, obscurs.

quelque chose de grave qu'il me faudrait affronter un jour ou
25   l'autre. Là, au moins, il ne se trompait pas.

Mais je ne pouvais pas lui dire la vérité. Pas encore. Toute seule,
de mon côté, j'avais entrepris de chercher, de comprendre. Il me
semblait maintenant percevoir des failles dans l'édifice construit
depuis tant d'années, sans évidemment avoir l'assurance que
30   mes intuitions étaient justes.

Je m'appelle Emma. Jamais je ne m'étais demandé pourquoi
je me prénommais ainsi. C'était comme ça. Pourquoi chercher
une raison, d'ailleurs ? J'ai profité d'une visite de mes parents
pour leur demander le motif d'un tel choix. Les yeux de ma mère
35   se sont embués de larmes. Elle m'a raconté que c'était une idée
de Mamouchka, qui adorait ce prénom. Mes parents l'avaient
trouvé si charmant qu'on me l'avait attribué à l'unanimité, à la
grande joie de ma grand-mère.

Emma. Eva. La similitude de mon prénom avec celui de la
40   jeune femme assassinée en présence de Mamouchka m'avait
frappée, quand je l'avais lu. Il m'obsédait depuis lors. Ma grand-
mère avait-elle tenu à ce que je m'appelle ainsi en souvenir d'Eva
qu'elle avait vue mourir sous ses yeux ? C'était m'impliquer malgré
moi dans une histoire qui ne me concernait pas. C'était faire
45   porter un poids bien lourd sur mes épaules. J'avais du mal à
l'admettre.

Tout cela était pourtant si mince. Peut-être allais-je trop loin
dans l'interprétation. Peut-être voulais-je reconnaître des signes
à tout prix. Des signes d'expiation[1], de repentir.

50   Plus sûrement, m'est revenue une nuit une conversation avec
ma grand-mère. Conversation que nous avions eue quand j'avais
douze ou treize ans et que j'avais oubliée.

Ce jour-là, j'avais voulu, comme tant de petites filles, savoir
comment mes grands-parents s'étaient rencontrés et aimés. Leur
55   existence me semblait tellement romantique, si éloignée de celle

---

1. Expiation : réparation d'une faute.

de mes parents qui avaient fait connaissance très banalement, un premier de l'an, chez des amis.

Ma grand-mère avait rosi. Elle redevenait la jeune fille qu'elle avait été et s'était laissée aller à dépeindre un portrait merveilleux de mon grand-père, de la façon dont il l'avait charmée, dès le premier jour, par sa beauté, sa prestance.

– Sans la force, sans l'amour qui l'habitait, m'avait-elle avoué, je n'aurais pas survécu à ces années de guerre.

J'avais demandé :

– C'est quand même drôle de penser que pendant que des milliers de gens mouraient un peu partout, dans des conditions atroces, vous, vous étiez les amoureux les plus heureux du monde. Vous vous en êtes rendu compte parfois ?

Mamouchka s'était interrompue. Les traits de son visage s'étaient figés. Elle avait changé de conversation. J'avais fait semblant de ne m'apercevoir de rien mais j'étais bouleversée. Je m'en étais beaucoup voulu d'avoir peiné Mamouchka.

C'est dans le courant de mon troisième mois à l'hôpital que j'ai enfin compris quelque chose qui m'avait échappé jusqu'alors. J'avais attribué aux paroles de Julien l'origine de mon second régime, celui qui, à la différence du premier, avait eu tant de répercussions sur ma santé et m'avait progressivement entraîné dans cette épouvantable alternance de boulimie et de vomissements.

Il me venait maintenant à l'esprit que ce choix avait été exactement contemporain du rêve de Mamouchka, cette nuit où j'avais pressenti qu'il y avait eu dans sa vie des zones d'ombres auxquelles elle ne souhaitait pas que je m'intéresse. Cette nuit où j'avais compris qu'elle me mentait. Le lendemain matin, en rentrant à la maison, j'avais découvert ce qui se cachait derrière le nom de Sobibor. C'était si monstrueux que je m'étais interdit d'y penser davantage. J'avais d'ailleurs renoncé à interroger Mamouchka, elle était si malade… J'avais dû me tromper, mal entendre, déformer ses paroles.

90 C'est dans les mois qui ont suivi que j'ai doucement perdu pied, sans m'en rendre compte. Je croyais faire un régime alors que je perdais l'appétit. Mes jours étaient pourtant tellement beaux. J'aimais Julien si fort, je devenais si mince, si jolie que je ne prêtais guère attention à ce sournois dérapage.

95 Enfin, Mamouchka est morte et avec elle a disparu toute possibilité de connaître la vérité un jour.

Enfin, Mamouchka est morte et j'ai appris à vomir.

J'ai lu que les adolescentes anorexiques refusent de grandir, qu'elles se complaisent dans un état infantile, qu'elles renient
100 la femme en elles. J'ai lu qu'elles vivent leur état comme une ascèse[1], un désir passionné de pureté. J'ai lu qu'elles se veulent immaculées, résistantes, parfaites.

J'ai lu beaucoup de choses. Elles me semblent parcellaires[2]. Il faudrait laisser à chaque anorexique le soin de raconter son
105 parcours. Tous sont dissemblables.

Le mien est une histoire de squelette remisé au placard, comme il y en a dans tant de familles. Il se trouve qu'un vilain jour le placard s'est entrouvert. Pas suffisamment pour que j'en voie le contenu, suffisamment cependant pour que j'y entrevoie une
110 silhouette malingre, la silhouette d'une jeune femme amaigrie par les souffrances et les privations. Une jeune femme qu'on a fait voyager dans un wagon dans des conditions indignes d'un être humain. Qui a vu son mari s'éteindre sous ses yeux. Qui a dû rester à côté du cadavre jusqu'à ce que l'on s'en débarrasse
115 comme d'une charogne. Une femme qui a vu mourir son petit garçon devant elle. Une femme que l'on a privée de tout espoir, de toute dignité, de toute espérance. Et tant d'autres comme elle.

Cela, bien sûr, je ne l'ai pas su d'emblée. Mais j'en savais suffisamment pour que mon corps se rebelle, qu'il se mette au

---

1. Ascèse : discipline que la volonté s'impose pour tendre vers un idéal de perfection.
2. Parcellaires : incomplètes, morcelées.

120 diapason de cette douleur, même lointaine, même soigneusement effacée.

Dès lors que j'ai compris, même confusément, que ma grand-
mère tant respectée me mentait, le monde a perdu sa transparence.
Je me suis heurtée à l'opacité des êtres. Ma vision a trouvé ses
125 limites. Mes yeux ne pouvaient plus voir, alors mon corps inventait
à leur place. Il ménageait au centre de moi un vide dans lequel
loger ce que l'on avait su si bien évacuer.

Sobibor.

Mais j'en ignorais tout, jusqu'à la découverte fortuite[1] du
130 cahier.

Un jour, pendant la séance de thérapie de groupe, une jeune
femme, qui était dans le service depuis très longtemps, a dit ces
simples mots pour commencer son récit, ces mots qui étaient
les miens :
135 – Je crois que j'ai toujours su ce qu'on me cachait…

Je n'ai rien entendu de ce qu'elle a ajouté. Ma tête s'est mise
à tourner. Allais-je devenir comme elle ? Allais-je glisser lentement
vers la folie sans être capable d'affronter le passé ? J'ai observé
autour de moi mes compagnons d'infortune qui écoutaient la
140 jeune femme et j'ai compris qu'il fallait que je sorte très vite de
l'hôpital.

J'en ai fait la demande au médecin responsable. Mes parents
étaient impatients de me voir revenir à la maison, ils ont fait pression en ce sens. J'ai reçu un avis positif. Ma sortie était cependant
145 soumise à deux conditions : une prise de poids suffisante et son
maintien à un niveau raisonnable. J'ai entrepris un nouveau
combat, à rebours, celui-là. J'ai lutté de toutes mes forces contre
moi-même et j'ai commencé à grossir, en dépit de ces vomissements incoercibles[2] que je parvenais à dissimuler.

---

1. Fortuite : faite par hasard.
2. Incoercibles : impossibles à arrêter.

150   Deux mois ont passé.

C'est à cette époque que j'ai pris l'habitude de me raconter les dernières années d'Eva. J'inventais son existence, faute de la connaître. Je la voulais belle et heureuse. Je m'accrochais au souvenir de cette photo, bien cachée dans ma chambre. Je ne

155   l'avais vue que l'espace d'un soir, mais elle était restée imprimée de façon indélébile dans ma mémoire, tant Eva y rayonnait de bonheur, de chaleur et de vie. Mais toujours je venais me heurter à cette fin épouvantable qui me faisait haïr, avec un peu plus de violence chaque fois, ses bourreaux.

160   Au bout des deux mois, j'ai eu l'idée toute bête de boire et de me retenir d'uriner, avant la pesée du matin. Je me forçais à avaler un litre d'eau. Un litre que je parvenais à conserver dans mon estomac avant d'aller le rendre en catastrophe dès que mon poids avait été noté. C'était peut-être idiot mais ça a marché. Une

165   semaine plus tard, je retournais à la maison.

Les jours ont passé. Tout doucement, très discrètement, j'ai recommencé à vomir, à maigrir, à m'étioler.

J'avais pris une décision qui m'angoissait.

Peut-être était-ce pour cela que j'avais volé dans ce grand

170   magasin. Je regrettais que ma mère n'ait rien compris quand elle m'avait demandé la raison de mon acte.

Je l'ai fait pour qu'on m'arrête.

Je ne pouvais pas être plus claire.

La secrétaire du directeur m'a reconnue quand je suis entrée dans son bureau. Quand on m'a vue une fois, on ne m'oublie pas. J'en ai pris l'habitude. Dans la rue, on se retourne sur moi comme sur une très jolie fille, mais pas pour les mêmes raisons. J'ai plutôt l'impression d'être une sorte de phénomène de foire. Il ne manque que le podium et le type qui baratine les foules : *Venez voir la femme la plus maigre du monde… Frissons garantis !*

Je sais que je fascine, que je dégoûte. Je suis un repoussoir, celle à qui on voudrait ne pas ressembler. En se comparant à moi, la fille la plus banale se découvre belle, attirante. Comestible.

Bien sûr que ma maigreur fait peur ! Ce n'est pas une maigreur élégante. Une maigreur de papier glacé, une maigreur abondante, une maigreur désirable. La mienne est obscène, cauchemardesque. Menaçante au fond. Elle évoque, pêle-mêle, les squelettes de peintures médiévales, les malades à l'agonie, les silhouettes faméliques d'un peu partout, celles des rescapés de tous les camps de la terre, celles de tous ceux qu'on essaie d'oublier.

Je suis malgré tout une femme, rognée de partout, aux angles vifs, blessants. Vous me regardez en coin, puis vous portez vos yeux ailleurs, mal à l'aise. Je sais qu'en ne mangeant plus, qu'en maigrissant à l'extrême, je me suis bannie de la communauté des hommes. Je me suis moi-même infligé le pire supplice que l'on puisse infliger à l'un de ses semblables…

La faim.

Je sais enfin que je suis entre parenthèses. Moi, j'ai au moins cette chance. Je suis comme je suis parce que je suis en *instance de*[1] *vie*. Une anorexique n'est pas *en marge*. Elle s'est faite aussi mince que le trait qui sépare la marge de l'espace où l'on écrit. Un jour ou l'autre, si tout va bien, elle revient sur la page. C'est ce que je m'efforce de faire.

– Pourrais-je parler au directeur, s'il vous plaît?

Je perçois le trouble dans le regard de la secrétaire.

– C'est à quel sujet?

– Au sujet d'hier…

La mignonne mordille son stylo. Elle doit savoir que son patron n'a pas porté plainte, que je suis la fille du docteur Lachenal, bien connu dans la ville. Comme je ne bouge pas d'un pouce, elle décroche le téléphone et appuie sur une touche.

– Monsieur Prade, excusez-moi de vous déranger, mais il y a une jeune fille qui voudrait vous voir… Celle d'hier, vous savez, le petit incident… Oui, bien sûr, monsieur, je la fais entrer.

Cerbère[2] est dompté. Elle me sourit et me fait signe d'aller jusqu'à la porte sur laquelle est inscrit en lettres dorées : *Direction*. Je frappe et j'entre. Le petit jeune homme est installé derrière son bureau. Il se lève et se dirige vers moi, la main tendue.

– Bonjour, Emma. Comment allez-vous?

Tiens, il ne me tutoie plus… Je bredouille un « ça va », à moitié inaudible. Il m'indique le fauteuil dans lequel je me suis assise hier et retourne à sa place. J'aime sa façon de prononcer mon prénom, en s'attardant imperceptiblement sur les deux m, comme pour ne pas le laisser s'échapper trop vite de sa bouche. Il se cale confortablement et me regarde bien droit dans les

---

1. En instance de : en attente de.
2. Cerbère : monstre de la mythologie grecque gardien des Enfers; il s'agit ici de la secrétaire du directeur du centre commercial qui interdit d'entrer dans le bureau de son patron.

55 yeux, avec un air très franc, très rassurant. Il ne me presse pas, il attend que je parle.

Je ne sais pas très bien pourquoi je suis revenue ici. Hier, j'ai été touchée par son attitude. Par ses mots : *Ce n'est pas ma fonction qui me dicte ce que je dois faire.*

60 J'étais partie me promener sans destination précise, comme je le faisais si souvent avant. Je me suis retrouvée devant le supermarché et j'ai décidé sur un coup de tête d'aller le rencontrer.

M. Prade me dévisage. Je le détaille en retour. Il a de minuscules rides au coin des paupières et une bouche très expressive.

65 Ça sort malgré moi :

– Vous me trouvez laide ?

Il éclate de rire. Un rire joyeux, un rire d'enfant. Quel âge peut-il bien avoir ? Vingt-huit, trente ans. Pas davantage, j'en suis certaine.

70 – Non, mais je vous trouve effroyablement maigre. Vous essayez de me séduire ?

Je me sens très bête soudain. C'était la dernière idée que j'avais en tête, *le séduire*. Pourtant, il est vraiment attirant, avec ses yeux bruns brillants et son sourire en coin. Pour moi, la séduc-

75 tion, c'est de l'histoire ancienne. Je me fais l'effet d'une petite vieille, parfois, comme si ma vie était derrière moi, comme si je n'avais plus rien à attendre d'elle. Qu'il imagine que je désire le séduire, même par jeu, me fait prendre conscience qu'il voit en moi une femme.

80 Il m'examine toujours aussi attentivement. Sans curiosité. Sans dégoût. Comme s'il essayait de comprendre quelque chose, comme si j'étais *quelqu'un*. Pas un cas.

– Pour être franc, je ne vous trouve absolument pas laide. Au contraire, je pense que vous avez un beau visage, extrêmement

85 émouvant et qu'avec quelques kilos en plus, vous seriez une très jolie fille. Hier…

Il s'interrompt, l'air gêné.

– Hier, je me suis demandé la raison de votre état.

Le directeur attend que je prenne la parole mais je ne peux
90 rien faire d'autre que mordre mes lèvres. Il enchaîne :

– J'ai pensé que vous étiez malade, ou encore une jeune fille
démunie, une…

Il cherche ses mots, il a peur de me blesser. Je poursuis à sa
place :

95 – Une épave du quart-monde [1] venue échouer dans votre joli
magasin, une droguée. Et tant qu'on y est, pourquoi pas une
pauvre fille violée, battue, échappée du réduit où sa famille la
maintenait enfermée depuis des années…

Je m'en veux aussitôt d'avoir dit cela. Je suis stupide de lui
100 parler avec agressivité alors qu'il prend le temps de me recevoir,
de m'écouter. Il secoue lentement la tête et répond :

– Vous savez, Emma, ça existe vraiment. J'ai déjà eu à affronter
des problèmes de ce genre. Je ne théorise hélas pas. Mon métier,
c'est d'organiser la vente de nourriture et d'objets, pour des gens
105 de toutes les conditions, de tous les milieux, qui viennent ici parce
qu'il faut bien manger, s'habiller, et j'en passe. J'exerce cette
fonction sincèrement, du mieux que je peux, en prenant souvent
mes distances avec ma hiérarchie. Il y a parfois des ratés.

Je reprends :
110 – Des ratés…

– Excusez-moi, le mot est malheureux mais vous comprenez
très bien ce que je veux dire. Quand vous êtes entrée dans mon
bureau, j'ai cru que vous étiez comme la plupart de ceux qui y
viennent, des gens à la dérive, qui n'ont pas la vie facile. Pas des
115 filles de médecin !

Je hausse les épaules. Comme si ça avait quelque chose à voir…
En tout cas, je ne me sens pas fière. Je marmonne :

– Je voulais vous demander de m'excuser pour hier et aussi
vous remercier de ne pas avoir porté…
120 M. Prade m'interrompt brusquement :

_____

1. **Quart-monde** : population la plus pauvre des pays développés.

– Épargnez-moi ces paroles de contrition[1], Emma! Pourquoi en êtes-vous arrivée là? Qu'est-ce qu'on vous a fait, à la fin?

Comment lui répondre? J'ai très froid soudain. Un tic brutal contracte ma paupière gauche. Je croise les bras et je les serre de toutes mes forces. Mes muscles, mon ventre sont douloureux. Je ne peux pas lui dire ce que je sais, je n'en suis pas capable! Je m'accroche à ses yeux comme si je me noyais. J'ai tellement peur de moi.

– Écoute, Emma, tu veux vraiment te foutre en l'air? Tu veux finir par y laisser ta peau?

Le tutoiement, la rudesse des mots me font du bien. Mon père, ma mère n'osent jamais m'affronter, me reprocher quoi que ce soit. Mon père m'évite et se referme sur lui-même. Ma mère se dérobe et discute d'autre chose. Chacun a trouvé sa manière d'éviter le conflit. Lui au moins me dit que je suis trop maigre, que je pourrais être belle, que je risque de mourir si je continue comme ça.

– Si…

– Parle!

– Si vous saviez quelque chose de grave, quelque chose de tellement grave que toute votre famille en serait éclaboussée, salie… Si vous étiez au courant d'un secret bien gardé pendant des années, un secret épouvantable… qu'est-ce que vous feriez?

Il se fige, interloqué :

– Parce que tu connais un secret pareil?

Je fais oui de la tête. Je lis dans ses yeux les interrogations, le doute. Il doit se demander si je suis une pauvre fille qui délire ou une malheureuse qui a posé le doigt là où il ne fallait pas.

– C'est si grave que ça?

J'acquiesce à nouveau. Il hésite.

– C'est toi qui en es la victime?

---

1. **Contrition** : remords.

– Pas directement, mais c'est pire. Ça me ronge de l'intérieur.

Il a l'air à la fois soulagé et inquiet.

155 – Ce secret, tu veux le confier à quelqu'un? Tu veux me le dire? C'est pour ça que tu es venue?

– Je ne sais pas. Je ne crois pas. Pas encore.

– Alors que veux-tu?

– Un conseil.

160 Il se tait, traits tendus, mâchoires serrées. Un long, très long silence…

– Tu veux savoir ce que je ferais dans ton cas?

– Oui.

Il prend encore le temps de réfléchir puis soupire profon-
165 dément.

– Il faudrait que je sache… Ce secret concerne, je ne sais pas… – Il hésite sur les mots. – Un crime? Une complicité de crime?

– Les deux…

170 De stupeur il en bégaie :

– Qui… qui a…? Pardonne-moi, Emma… Je pense que ce que tu sais est trop lourd à porter et nous dépasse l'un comme l'autre. Si ce qui te mine est grave à ce point, c'est à un juge qu'il faut le dire. Mon conseil est simple : je vais te donner le nom d'un
175 magistrat que je connais. Va le voir et raconte-lui ce que tu sais. C'est la seule solution. Je ne pense pas qu'il y en ait d'autre.

Il se penche et tend les mains jusqu'à pouvoir effleurer les miennes, cramponnées sur le rebord du bureau. Il les touche maintenant, les desserre, les déplie délicatement comme deux
180 fleurs froissées. Je les lui abandonne et je sens sa chaleur, sa force.

– Vas-y, Emma. Trouve le courage d'y aller, je t'en prie. Tu mérites mieux que ce que tu as fait de toi!

Je suis descendue vers les remparts. Il faisait un temps doux de printemps, clair et lumineux. Quand je suis arrivée devant la maison de mes grands-parents, les volets étaient fermés. Ma mère m'avait appris que depuis deux mois mon grand-père était retourné habiter chez lui, après un bref séjour chez l'un de mes oncles. Je ne l'avais pas revu depuis mon retour du centre.

J'ai sonné. Il est venu m'ouvrir, pâle, flottant dans ses vêtements de deuil. Il n'avait plus rien de commun avec celui d'autrefois. Dans ses yeux éteints, plus rien de la flamme qui les habitait. Rien que le désarroi, la solitude. Un masque de vieil homme que les épreuves avaient anéanti.

Il m'a embrassée, apparemment ému de me revoir et il m'a dit s'être beaucoup inquiété à mon sujet. Grand-père m'a emmenée au salon et nous nous sommes assis. Un jour maigre filtrait à travers les volets. Une lampe, posée sur un guéridon, bataillait difficilement avec les ombres. Il était en train d'écouter de la musique quand j'avais sonné. J'ai reconnu le dernier mouvement de *L'Offrande musicale*, que ma grand-mère adorait.

À ce moment, la flûte a repris le thème, frêle et menue, presque incongrue après la majesté des cordes. Et puis d'un coup, sont arrivées les contrebasses, comme d'immenses voix, graves et douloureuses, venues de très loin. Je sentais sur ma peau la vibration des instruments et, au fond de moi, quelque chose de ténu et d'immense à la fois. Nous sommes restés muets, comme si nous hésitions à rompre par des paroles les variations de Bach. Mon grand-père semblait attendre que je prenne la parole la première. J'ai prétexté le besoin d'aller aux toilettes. Je m'y suis enfermée et je me suis déshabillée. Entièrement. Quand j'ai été nue, je suis revenue et je me suis assise tout doucement au bord du fauteuil. Il avait la tête entre les mains et ne bougeait pas.

Autour de nous, tout se fondait dans la pénombre. J'ai rompu le silence :

– Que veut dire « *zakhor* » ?

Il a sursauté et a levé les yeux vers moi. Le sang avait déserté son visage. C'est alors qu'il a vu, dans le clair-obscur, mon corps nu et ma maigreur, mon effrayante maigreur. Ses lèvres tremblotaient, comme ce jour où je l'avais interrogé sur les paroles de Mamouchka.

J'ai alors très exactement compris que mon anorexie était une agression, un coup brutal que je décochais aux autres et que ce coup prenait toute sa force si je n'emmaillotais pas ce qui me restait de chair dans des vêtements, mais que je le jetais à la face de ceux que je voulais blesser.

– Qu'est-ce que tu fais comme ça ? Tu es folle ! Rhabille-toi !

Sa voix trahissait une profonde confusion. Je me suis levée. Il a grimacé, épouvanté par mon corps de momie, le dessin saillant de mes côtes, les os de mon bassin qui menaçaient de percer la peau trop mince, mes bras et mes cuisses décharnés.

– Non ! J'ai besoin que tu me voies, ça te rappellera sûrement des souvenirs.

Au centre, j'avais rêvé cette scène cent fois mais je ne pensais pas que le jour venu, je serais aussi calme, aussi maîtresse de moi.

– Tu es folle à lier ! Tu dois retourner à l'hôpital.

J'ai éclaté de rire et j'ai redemandé, visage impassible :

– Que signifie « *zakhor* » ?

Il s'est efforcé de répondre sur un ton faussement naturel.

– Je ne sais pas. Rhabille-toi, je t'en prie.

J'ai repris d'une voix plus ferme :

60   – Que veut dire « *zakhor* » ? Je suis certaine que tu le sais, tu n'as pas pu faire autrement que chercher ce que t'a dit ce vieil homme.

J'ai cru qu'il allait se trouver mal. Il a balbutié :

– Qu'est-ce que tu racontes ?

65   Je l'ai interrompu :

– J'ai lu ton journal, *le journal de Jacques Desroches*. Car c'est bien comme cela que tu t'appelles, n'est-ce pas ?

Son visage a paru se craqueler. Comme je prononçais son nom, j'ai eu la sensation de voir distinctement, sous la carapace 70 des ans, le visage de l'autre, celui que j'avais reconnu sur cette photo jaunie, le soir de mon suicide manqué. Jacques Desroches en majesté dans son uniforme SS. Jacques Desroches qui avait réussi à échapper à ses juges en usurpant l'identité d'un autre.

Jacques Desroches, mon grand-père…

75   Quand je l'avais reconnu, tout ce à quoi j'avais cru s'était effondré en une fraction de seconde. Ma grand-mère. Lui. C'était plus que je ne pouvais en supporter : j'avais voulu mourir. J'avais survécu. J'étais là, maintenant.

J'ai martelé sans lui laisser le temps de reprendre ses 80 esprits :

– Que veut dire « *zakhor* » ?

Tout son corps s'est tendu. Il a fini par lâcher difficilement, comme si ça déclenchait en lui une intolérable souffrance :

– « Souviens-toi… »

85   Sa voix n'avait été qu'un murmure mais il avait parlé. Je l'avais contraint à parler pour tous ceux qu'il avait voulu condamner à l'oubli. Un oubli pire que celui que le temps tisse. Un oubli haineux fait de cendres et de sang. Il a ajouté d'une voix hésitante :

– Je ne sais pas pourquoi il m'a dit ça, c'est de l'hébreu…

90   – Ce n'est pas à toi qu'il parlait, c'était à moi !

J'avais crié, incapable de me contrôler, surprise moi-même par l'étrangeté de ces paroles. Mon grand-père fuyait mon regard et il a marmonné :

– Comment sais-tu ? C'est ta grand-mère qui t'a raconté ?

Alors je lui ai tout dit : le rêve de Mamouchka, ce nom de Sobibor qui me hantait depuis deux ans, ma maladie, la découverte du cahier, les photos. Il me fixait, incrédule.

– C'est impossible, impossible ! Ce cahier, je l'ai détruit ! Il a brûlé quand nous avons quitté la ferme où nous nous cachions. Il n'a rien pu en rester et…

Je l'ai interrompu :

– Tu l'as brûlé de tes mains ?

– Je ne sais plus… Je ne crois pas.

Il fouillait sa mémoire, essayant de comprendre, de se souvenir.

– Ta grand-mère l'aurait pris avant qu'on ne mette le feu à la grange… Pourquoi Anna a-t-elle fait ça ? Je ne comprends pas. C'était de la folie, de la folie…

Il hochait la tête comme un vieillard sénile. Je l'ai sommé d'avouer, de m'expliquer comment ils avaient réussi à vivre et, plus tard, à échapper aux Alliés après leur départ de Sobibor. Il m'a obéi, comme dompté.

J'ai écouté son récit sans l'interrompre, glacée de reprendre cette histoire là où elle s'était interrompue, et que j'entendais maintenant par sa voix. Étrangement, il disait «je» mais je sentais bien qu'il parlait de Jacques comme d'un autre. Celui qu'il avait été pourtant et qu'il s'était efforcé d'oublier.

– Anna était incapable de reprendre le dessus. Je la voyais
dépérir de jour en jour et j'ai eu peur pour sa vie. Un matin,
Wagner est venu me trouver, fou de rage. Anna avait été surprise
en train de donner de la nourriture aux prisonniers juifs qui
5   travaillaient dans les ateliers du camp. Deux gardes ukrainiens
l'avaient vue et en avaient immédiatement rendu compte aux SS.
Wagner m'a annoncé son intention d'infliger à « la Polonaise »
une punition exemplaire en public avant de la faire expulser.
Je me suis jeté sur lui et nous nous sommes battus comme des
10 chiens enragés. Par chance, von Lebbe n'était pas en mission.
Nos hurlements ont attiré la moitié du camp et Reichleitner et
lui ont été promptement informés de l'incident. Von Lebbe est
intervenu. S'il n'avait pas été là, je pense que Wagner et moi
nous nous serions entre-tués.

15 Anna et moi avons été consignés dans notre chambre. Le
soir, von Lebbe est venu me rendre visite. Ta grand-mère était
couchée et dormait profondément, sous l'influence d'un sédatif[1]
que je lui avais fait prendre.

J'avais peur pour nos vies mais von Lebbe n'avait pas promis
20 de veiller sur moi en vain. Il m'a expliqué qu'il avait pris des
dispositions pour me mettre à l'abri dès que j'avais accepté de
venir à Sobibor. Il m'a parlé en termes très pessimistes de l'avenir
du Reich. Pour lui, l'erreur avait été l'enlisement en Russie : il

---

1. Sédatif : calmant.

aurait fallu gagner cette campagne en quelques mois. Les stratèges
25 nazis, et Hitler le premier, n'avaient pas imaginé à sa juste valeur
la capacité de résistance des Soviétiques. L'entrée en guerre des
Américains avait précipité le mouvement et la défaite semblait
désormais inéluctable.

Pour lui, comme pour d'autres, il fallait dès à présent pré-
30 parer l'avenir, ce qui signifiait permettre au plus grand nombre
d'échapper aux Alliés en cas de défaite. Le Reich ne pouvait finir
avec l'écrasement de l'Allemagne. Sans entrer dans les détails, il
m'a fait comprendre que les services secrets auxquels il appartenait commençaient à nouer des contacts un peu partout dans
35 le monde afin de permettre la fuite de ceux qui contribueraient
plus tard à la renaissance du Reich.

Ainsi, sans m'en faire part, évidemment, il s'était servi des
réseaux auxquels il était lié pour me procurer une fausse identité.
Pour Anna, cela n'en valait pas la peine, elle resterait qui elle
40 était. En ce qui me concernait, le problème était plus délicat : si
les Alliés gagnaient la guerre, je serais recherché pour collaboration avec l'ennemi. Konrad avait donc demandé aux services
secrets SS, en février 1942, de lui trouver un Français prisonnier
en Allemagne et dont l'aspect physique pouvait se rapprocher du
45 mien. Comme guidés par la Providence, ils avaient déniché dans
un camp le candidat idéal, un type qui me ressemblait de façon
extraordinaire. Il a été envoyé dans une ferme isolée tandis que
j'allais de mon côté en Pologne. Il se nommait Paul Lachenal
et n'avait pour toute famille qu'une vieille tante qui avait été
50 discrètement éliminée par la Gestapo, sur ordre de von Lebbe.
Pendant ce temps, en France, les services secrets allemands avaient
procédé subrepticement à la modification de tous les documents
concernant Paul Lachenal. Ils avaient pris soin de remplacer ses
empreintes digitales, ses photos, dans tous les organismes qui
55 en possédaient un exemplaire, par les miennes. Ce n'était pas
bien difficile, les nazis avaient la haute main sur l'ensemble de
l'administration française. Devant mon air abasourdi, von Lebbe a

éclaté de rire et m'a déclaré que c'était vraiment un jeu d'enfant pour des professionnels comme eux.

60   Je l'ai interrogé sur ce qu'allait devenir ce malheureux Lachenal. Il m'a répondu qu'il avait déjà donné l'ordre de le faire déplacer vers une autre ferme à plusieurs centaines de kilomètres et de l'exécuter en chemin. Celui qui prendrait sa place, dans sa nouvelle affectation, ce serait moi et personne ne pourrait deviner 65   la supercherie. Je n'ai pas pu m'empêcher de l'interrompre :

– Et le vrai Jacques Desroches, que va-t-il devenir ?

– Mon cher, a déclaré von Lebbe avec un grand sourire, j'ai le regret de vous annoncer que vous allez bientôt mourir au combat face aux Soviétiques et que vous serez décoré de la croix 70   de fer à titre posthume. Votre mère sera dûment informée de votre disparition. Quant à Karl Frank, le nom sous lequel tous vos compagnons vous connaissent, il ne va guère connaître un sort plus enviable. Pour l'équipe du camp, Anna et vous allez être évacués et liquidés dans un endroit discret. *Exit* Karl Frank 75   et sa putain polonaise...

Je n'ai pas relevé ses derniers mots. Que pouvais-je ajouter ? J'avais l'impression d'être un jouet dans les mains de von Lebbe.

Il m'a remis des papiers français, au nom de Paul Lachenal et d'autres, polonais cette fois, au nom d'Anna Wiesckiewa. Puis 80   il s'est levé et m'a quitté après m'avoir serré la main.

Deux jours plus tard, une voiture est venue nous chercher et nous sommes partis à tout jamais de Sobibor, sans faire nos adieux à quiconque. J'avais peur que tout ceci soit une mise en scène et que nous soyons abattus et enterrés dans un bois isolé. 85   Nous étions ce qu'on appelle des *Geheimnisträger*, des porteurs de secrets, et donc potentiellement dangereux. Mais j'avais tort de douter. Konrad était un homme de parole, bénéficiant d'appuis puissants, et tout s'est déroulé comme il me l'avait annoncé.

Nous sommes arrivés à deux jours d'intervalle dans la ferme 90   dont Konrad m'avait parlé et nous y sommes restés jusqu'en 1945. Anna s'est lentement remise. Les premiers temps, nous avons fait

comme si nous étions de parfaits étrangers l'un pour l'autre. Bientôt, nous avons feint de tomber amoureux. Les paysans allemands nous avaient pris en sympathie, d'autant que nous parlions leur
95 langue et qu'ils avaient été émus par nos «histoires» respectives. Nous avons été traités avec beaucoup de respect et, pourrait-on dire, d'amitié. En dépit des ordres, car nous étions prisonniers, ils nous ont permis de vivre dans une petite chambre, au-dessus de la grange où l'on stockait le foin et la paille. Nous avons passé
100 dans cette ferme de longs mois heureux, perdus au milieu des champs. C'était une vie de travail simple et tranquille. Anna a retrouvé la paix. Nous étions à l'écart de la guerre et des combats, qui nous parvenaient comme une rumeur lointaine, lorsque les Alliés bombardaient les installations et les villes allemandes.

105 En mars 1945, j'ai reçu une convocation : je devais me présenter sur l'heure à la Kommandantur. On m'a introduit dans une pièce et j'ai eu la surprise d'y trouver Konrad, vieilli, amaigri, fiévreux. Il m'a ordonné de fuir en compagnie d'Anna et de rejoindre les troupes alliées. Il m'a fourni un plan détaillé de la route à suivre
110 ainsi que divers papiers et sauf-conduits qui me permettraient, le cas échéant, de ne pas être importuné par les Allemands. Je n'ai pas pu résister à l'envie de lui demander ce qu'était devenu Sobibor après notre départ. Il me l'a raconté.

Le camp a continué à fonctionner jusqu'en octobre 1943.
115 Pendant l'été de cette année-là, Himmler a demandé qu'il soit transformé en camp de concentration et qu'il serve d'entrepôt pour les armes et les munitions prises à l'ennemi. Il a fallu accroître les effectifs de prisonniers sur place, en ayant recours en particulier à des prisonniers russes. C'était une population
120 difficile à contrôler, habituée à se battre, beaucoup moins malléable que les pensionnaires habituels.

Konrad racontait lentement, les traits contractés, peinant à dissimuler sa rage. Diverses tentatives de fuite, à Treblinka comme à Sobibor, avaient été éventées pendant les mois d'été
125 et réprimées avec une terrible férocité.

Le 14 octobre 1943, l'impensable a eu lieu. Emmenés par un Juif, officier dans l'Armée rouge, trois cents prisonniers ont réussi à s'enfuir, profitant de l'absence de Niemann, le dernier commandant du camp, et de Wagner, qu'ils redoutaient entre tous. L'évasion avait été préparée de longue date et ils avaient tué onze SS pour parvenir à leurs fins. Sur les trois cents prisonniers qui restaient au camp, cent cinquante ont été immédiatement exécutés, les autres ont été envoyés dans les chambres à gaz.

Une gigantesque chasse à l'homme a été organisée, mais seule une centaine d'évadés ont été repris et fusillés. Leurs compagnons s'étaient évanouis dans la nature. Il a fallu en informer Himmler. Sa colère a été épouvantable et Konrad en a fait les frais. Himmler a alors ordonné l'arrêt de l'opération Reinhard et la destruction du camp. Les nazis ont détruit l'ensemble des installations et des bâtiments, labouré le terrain et planté des arbres. Tous les SS affectés à Belzec, Treblinka et Sobibor ont été envoyés sur l'Adriatique, à Trieste, sous le commandement de Globocnic. Quand les Russes sont arrivés, quelques mois plus tard, une jeune forêt recouvrait l'emplacement du camp…

Konrad s'est arrêté, épuisé. Il s'est levé et m'a dit adieu. Je lui ai demandé pourquoi il faisait tout cela pour moi. Il a marqué un temps. Ses yeux exprimaient une fatigue infinie. J'ai eu l'impression qu'il hésitait. Il a fini par hausser les épaules et il m'a dit :

– Je ne le sais pas moi-même. Adieu, Jacques.

Il est parti. Je ne l'ai jamais revu, je n'ai aucune idée de ce qu'il est devenu. Je n'ai jamais lu son nom nulle part, après la guerre. C'est comme s'il n'avait jamais existé.

Je suis rentré à la ferme et j'ai informé Anna de notre départ, le lendemain matin. Comme je ne souhaitais laisser aucune trace de notre passage, j'ai décidé que nous mettrions le feu à la grange, avant de partir. À vrai dire, j'espérais que les habitants de la ferme s'imagineraient que nous étions restés à l'intérieur. L'intensité du feu leur laisserait croire que rien n'était resté de nous.

160 À minuit, quand tout a été endormi, nous n'avons pris que le strict nécessaire et nous nous sommes sauvés après avoir enflammé une botte de paille. J'avais délibérément abandonné mon journal sous le matelas de notre lit. Une seule page de ce cahier, si les Alliés l'avaient trouvé, aurait suffi à nous faire fusiller sur-le-champ.

165 Nous étions à des kilomètres de la ferme que nous pouvions encore voir les flammes de l'incendie s'élever vers le ciel. Au bout d'une semaine, nous avons réussi à rejoindre les lignes américaines.

La suite, tu la connais.

Il a relevé la tête et m'a regardée, en attente de ma réaction.

– Mamouchka était au courant de ces saloperies ?

– Non. Elle n'a jamais su qu'il…, que Paul Lachenal avait vraiment existé. Von Lebbe avait tout prévu, tout organisé, sans me demander mon avis, sans me mettre au courant.

Je ne savais que croire. J'ai demandé d'une voix accablée :

– Ça, je veux bien l'admettre, mais le reste… Comment as-tu pu continuer à vivre après avoir fait ce que tu as fait, après avoir aidé à faire disparaître tous ces pauvres gens ?

Il a pris une voix misérable.

– C'était la guerre…

J'ai eu un haut-le-cœur. Il était encore plus monstrueux que je ne l'imaginais.

– Tu appelles ça la guerre ! La guerre est une belle saleté, mais ça… Ça, c'est au-delà des mots. Il n'y a pas de mots pour ça ! Ces gens *ne faisaient pas la guerre*. On les a enlevés, arrachés à leurs pays. Déportés. Déportés, tu m'entends, pour les tuer comme des chiens ! À la guerre, on se bat. On est armé, on peut essayer de se défendre ! Mais eux, contre qui se battaient-ils et quelles étaient leurs armes ? Quelles ont été leurs chances de s'en sortir ? Et pourquoi les avez-vous tués ? Réponds ! Réponds, je te dis ! Quel crime avaient-ils commis pour mériter de mourir comme ça ? Dis-moi quel intérêt il y avait à déporter ces vieillards, ces femmes, ces enfants que vous êtes allés chercher un peu partout ? Parce qu'ils étaient dangereux ? Non. Leur seul crime, c'était d'être juifs, et rien d'autre ! Comme si on pouvait naître coupable… Et peu importe qu'ils aient été riches ou pauvres, ignorants ou savants, qu'ils aient été des gens bien ou des misérables. Vous les avez assassinés pour ce qu'ils étaient, parce qu'ils étaient nés juifs ! Voilà la vérité. Ce n'était pas la guerre, c'était un meurtre de masse, prémédité, à l'échelle d'un continent tout entier…

Je ne reconnaissais plus ma voix en parlant. Chacun des mots que je prononçais me brûlait la bouche, me lacérait la gorge. Mes paroles se perdaient dans un tremblement douloureux.

Il a relevé les yeux vers moi, il ne semblait plus voir que j'étais nue.

– Écoute-moi. Pendant cinquante ans, notre existence a été exemplaire. Je me suis efforcé de tout reconstruire, avec ta grand-mère. Nous avons travaillé, nous avons eu des responsabilités. J'ai beaucoup œuvré pour les autres. J'ai permis à mes enfants de réussir leur vie. Ce que tu es, ce que tu as, tu me le dois aussi !

Je ne l'ai pas laissé poursuivre.

– *Ce que je suis, je te le dois…* Tu ne crois pas si bien dire. Regarde-moi ! Regarde ce que je suis devenue ! Regarde ce que je te dois…

Je guettais sur son visage l'écho de mes paroles. J'aurais tellement voulu que Mamouchka soit là, qu'elle entende, elle aussi, ce que j'avais à dire.

– Toute mon enfance, Mamouchka et toi vous avez représenté ce que je pouvais rêver de mieux, de plus droit, de plus noble. Ce qui me manquait chez papa et maman, je le trouvais chez vous. Vous étiez ceux à qui je voulais ressembler. Papa ne disait jamais rien, toi tu me parlais, tu me racontais des histoires, tu me prêtais des livres. Avec maman, rien ne passait. Nous étions comme des étrangères… Mamouchka savait tout de moi. Elle m'a appris la musique. Elle m'a…

Les mots se sont étranglés dans ma gorge. Je me suis rassise. Mes poings étaient serrés si fort que ça m'a fait mal.

60 – J'étais d'une sincérité absolue avec elle, avec toi. Je vous faisais confiance à un point que tu n'imagines pas. Trop peut-être. Mais est-ce que l'on a le droit de douter de ses grands-parents ? Du jour où j'ai compris que Mamouchka nous mentait sur son passé, ça s'est fendillé en moi. J'ai préféré ne pas y
65 penser ; j'ai moi aussi préféré le mensonge. J'étais lâche. Mais quand j'ai trouvé ton journal et que je l'ai lu – mon grand-père a détourné les yeux –, j'ai eu envie de crever, il n'y a pas d'autre mot. Crever ! Parce que, ce soir-là, c'est vous qui êtes morts pour moi. Définitivement.

70 J'ai posé mes mains bien à plat sur mes genoux, consciente que j'allais prononcer les paroles les plus importantes de ma vie.

– Aujourd'hui, je viens te demander des comptes… Comment as-tu pu vivre en ayant autant de morts sur la conscience ?
75 Comment as-tu pu mentir autant ?

Jamais quiconque n'avait parlé sur ce ton à mon grand-père. Jamais, autour de lui, personne ne s'était permis de lui reprocher quoi que ce soit.

– Tu ne peux pas comprendre ce qui s'est passé pendant
80 la guerre. Tu ne sais rien de cette époque ! De quel droit te permets-tu de me juger ?

J'espérais un mot, une expression de regret. Un mouvement de honte. N'importe quoi qui m'aide à comprendre… Mais une fois de plus, il fuyait toute responsabilité, toute culpabilité.
85 – Tu ne réponds pas à mes questions ! Et d'abord, comprends bien que je ne te juge pas, je te condamne. Deux cent cinquante mille ! Il y a eu deux cent cinquante mille morts à Sobibor ! C'est à hurler de rage ! Ces hommes, ces femmes, ces enfants étaient massacrés et, toi, bien tranquillement, tu
90 établissais des statistiques, tu récitais des poèmes, tu discutais philosophie, tu filais le parfait amour… Comment croire cela ? Moi non plus, je ne le croirais pas si je ne l'avais pas lu, écrit de ta main ! Il n'y a pas de pardon possible pour ce que tu as fait,

pas de prescription[1], pas de compréhension. Pas d'oubli…
Je ne sais même pas si la vengeance a un sens pour des gens
tels que toi : il faudrait vous châtier deux cent cinquante
mille fois.

Le ton de ma voix l'avait ébranlé. Pour la première fois,
il m'a semblé lire de l'incertitude sur son visage, de la peur,
peut-être. J'ai repris :

– Pourquoi ne t'es-tu pas dénoncé ?

Il a fui mon regard.

– Quand j'ai rencontré ta grand-mère, j'ai connu un bonheur que je ne soupçonnais pas. Tout ce dont j'avais pu rêver,
je l'avais trouvé. Elle donnait soudain un sens à mon existence.
Me dénoncer aurait signifié la perdre. Je ne m'en sentais pas la
volonté. Quand elle m'a rejoint, en France, j'ai voulu… nous
avons voulu tout oublier, tout rebâtir sur des bases neuves.

– Et personne n'a eu de soupçons, personne n'a remarqué
des failles dans votre histoire ?

– Qui voulais-tu qui sache ? Tout cela s'était passé si loin…
Paul Lachenal n'avait plus aucune famille. Qui aurait pu chercher à le retrouver ? L'administration n'avait aucun doute me
concernant, mes papiers étaient authentiques. Je n'ai jamais
menti, je me suis contenté de me taire. La vérité, c'était ce
que les gens croyaient de nous. Nous avons employé toutes
ces années à nous racheter…

J'ai sursauté.

– Vous racheter ? Parce que tu crois qu'on peut racheter
tes crimes ? Et auprès de qui, d'abord ? De ceux que tu as
contribué à exterminer ? Et cette femme, Eva Hirschbaum,
et son fils, Simon, que tu as supprimés de sang-froid, tu les
as oubliés ? C'était la guerre ? – J'ai détaché chaque syllabe.

---

1. Prescription : délai à partir duquel celui qui a commis un crime n'est plus condamnable par la justice.

– J'appelle ça un meurtre ! Et je suis sûre que Mamouchka
pensait exactement la même chose, même si elle s'est tue.

Il s'est rembruni. Ses yeux se sont emplis de larmes. Sa
bouche était agitée d'un mouvement spasmodique et il s'y est
repris à plusieurs fois avant de parvenir à articuler :

– Tu ne peux pas savoir ce qui se passait dans ma tête, ce
que j'ai enduré…

– Non, mais j'ai lu ce journal que tu as écrit dans le but
d'exposer *ce que les hommes de ta génération ont jugé bon et utile de
faire* et je n'y ai pas découvert de paroles de regrets.

– Ils refusaient d'obéir aux ordres, et puis…

– Et puis ?

– Et puis, c'est arrivé il y a si longtemps…

Mon grand-père a enfoui son visage dans ses mains avant
de reprendre d'une voix étouffée :

– Ils seraient morts de toute façon.

Il m'a jeté un bref coup d'œil et devant mon expression
méprisante, il a poursuivi, la voix mal assurée :

– C'était comme un défi que m'avait lancé von Lebbe. Ne
pas sévir aurait signifié pour tous que j'étais un lâche. Il m'avait
pris au piège et je ne savais pas comment m'en sortir. Tout le
personnel du camp attendait ma réaction. Je devais faire preuve
d'autorité et… Ta grand-mère m'avait toujours dit qu'il me
manipulait, mais je refusais de la croire…

Je ne l'ai pas laissé poursuivre, il cherchait encore de nouvelles échappatoires. Je ne pouvais en supporter davantage.

– Ce von Lebbe était une ordure, mais toi tu ne valais pas
mieux ! Tu veux me faire croire que tu les as assassinés par
devoir ? Ou encore pour la simple raison que ce nazi faisait de
toi ce qu'il voulait ? Mais quel âge avais-tu donc ? Est-ce qu'on
est irresponsable à vingt-trois ans ? T'a-t-on posé le canon sur
la tempe pour te conduire à Sobibor ? Non ! Tu t'es comporté
comme un bourreau, un véritable salaud ! Cette femme et cet
enfant n'avaient aucune chance quand tu les as exécutés.

Il a bafouillé :

– C'est toi qui te comportes comme un bourreau, j'ai quatre-
160   vingts ans et j'ai le droit de…

Des larmes glacées coulaient sur mon visage. J'étais à deux
doigts de craquer.

– Tu veux que je te dise ce que je crois ? Ces théories sur la
race, tu y as souscrit parce qu'elles flattaient ton ego, parce que
165   tu éprouvais une immense satisfaction à t'imaginer différent. Tu
jubilais [1] d'appartenir à une espèce supérieure : la race aryenne,
destinée à régner sur l'humanité. Mais d'autres, à la même époque,
n'y ont jamais cru. D'autres se sont battus contre les nazis ou,
plus simplement, ont refusé de les suivre. Tu veux aujourd'hui
170   te faire passer pour une victime, et ça, je ne peux pas l'accepter.
Les victimes, elles étaient de l'autre côté. Et elles y sont restées !
Tu étais libre de choisir ton camp. Et tu l'as fait : tu as choisi le
pire et tu ne veux pas payer maintenant !

Il s'est raidi.

175   – Emma, qu'est-ce que tu comptes faire ?

– Je vais remettre ton cahier à la justice et raconter ce que je
sais. Je vais mettre fin à cinquante ans d'hypocrisie et de mensonge.
Tant pis pour la honte, tant pis pour le déshonneur dans la famille.
Je me fiche bien d'être celle par qui le scandale arrive !

180   Mon grand-père a eu un haut-le-corps et a essayé de se lever.
Il s'était tellement employé à dissimuler sa vie durant qu'il ne
pouvait tolérer l'idée que tous, dans cette ville où il était consi-
déré, allaient connaître qui il avait été vraiment. Le choc était
trop rude. Ses jambes ne le portaient plus. Il s'est laissé glisser
185   au sol.

– Ne dis rien, Emma, je t'en prie. Tais-toi et détruis ce cahier.
Si tu ne le fais pas pour moi, fais-le pour Mamouchka…

Je l'ai haï d'invoquer ma grand-mère pour essayer de s'en
tirer. J'ai perdu la tête. Il fallait que j'expulse la violence qui allait

---

1. Tu jubilais : tu éprouvais une joie très forte.

me submerger, cette violence que j'étais capable de retourner contre moi. J'ai parcouru la pièce du regard et j'ai aperçu l'étui du violon de Mamouchka, posé sur le piano. Je me suis avancée, je l'ai ouvert, j'ai saisi l'instrument et d'un coup, sans un instant d'hésitation, je l'ai fracassé contre le mur. Il n'est resté dans ma main qu'une misérable petite carcasse de bois disloquée dont les morceaux pendaient pitoyablement, retenus par les cordes. Je l'ai lâchée. Quand je me suis retournée, mon grand-père haletait et se tenait la poitrine, comme s'il avait encaissé le coup lui-même.

Peut-être – si j'avais senti chez lui un sentiment sincère, l'amorce d'un repentir – aurais-je agi différemment. Je me suis avancée à sa hauteur et je l'ai toisé. Je voulais le blesser, lui faire peur.

– C'est trop tard, ai-je menti. Avant de venir, j'ai envoyé des photocopies de ton chef-d'œuvre aux rédactions de plusieurs journaux et au palais de justice. Quoi que tu fasses désormais, le scandale va éclater.

Il s'est ratatiné sur le sol et je suis sortie de la bibliothèque, sans lui jeter un regard. J'ai cherché mes vêtements aux toilettes et je me suis rhabillée.

Je suis rentrée à la maison. Épuisée, plus froide qu'un bloc de glace. Quelque chose de dur s'était glissé en moi, quelque chose que je ne connaissais pas. Je m'étonnais d'avoir trouvé la force de m'être comportée ainsi avec mon grand-père. Je ne regrettais rien. J'avais repoussé cette confrontation depuis cinq mois, depuis cette nuit où je l'avais reconnu sur cette photo cachée depuis si longtemps, et où je m'étais mise à le haïr de toutes mes forces. Demain, je ferais ce que j'avais prétendu avoir fait : j'écrirais aux journalistes de la presse locale et j'irais rencontrer le juge dont M. Prade, le directeur du supermarché, m'avait donné l'adresse, avant que je ne quitte son bureau.

J'ai marché comme une somnambule. Mon esprit flottait là-bas, en Allemagne. Je voyais Anna retourner dans leur petite chambre sous les combles, prétextant un oubli de dernière minute. Elle se faufile dans la pièce et, sans hésiter, attrape le petit cahier vert, fascinée par la lumière noire qui en émane, celle-là même que j'y découvrirais tant d'années plus tard. C'est absurde, c'est irrationnel, c'est dangereux et pourtant elle le fait. Peut-être est-ce elle qui arrache les nombreuses feuilles qui manquent. Peut-être, avant de fuir, prend-elle le temps d'écrire avec une ingénuité qui me déconcerte : *Jacques Desroches est parti se battre sur le front russe. Il y est mort le 3 juillet 1943*, pour le protéger malgré tout, si l'on découvre sur elle ce qu'elle sait être une pièce à conviction.

Je pense que c'est bien plus tard qu'elle a renforcé la couverture avec les feuilles de carton et dissimulé ces photos volées. Quand ? Pendant leur séjour dans la ferme ? Plus tard, pendant son errance ? Plus tard encore, dans leur grande maison de notables installés ? Peu importe.

Je la vois glisser ce cahier contre sa peau et le dissimuler comme je l'ai fait quand je l'ai découvert. Je la vois le garder envers et contre tout, en dépit du péril qu'il représente. Elle sait pertinemment qu'elle fait une folie. Elle sait que ce cahier peut les conduire tous les deux au peloton d'exécution. C'est plus fort qu'elle. Il est là, comme un remords qui la poursuit. Elle le traîne comme une blessure qui ne peut pas cicatriser. Après sa séparation forcée d'avec Jacques, il est le seul lien qui la rattache encore à lui. Il est précieux. Il est maudit.

Pourquoi ne l'a-t-elle pas détruit avant de mourir ? A-t-elle fini par l'oublier, tant elle était rongée par son cancer ? A-t-elle souhaité au fond d'elle-même que quelqu'un le trouve ? Que je le trouve, et que la vérité éclate un jour ?

Je ne le saurai jamais.

Quand je suis arrivée à la maison, la table était mise. J'ai picoré dans mon assiette sous le regard soucieux de mes parents. Ma mère s'est alarmée de mon air fatigué. J'ai prétexté un épuisement dû à une trop longue promenade et, sans trop savoir pourquoi – parce que j'avais besoin de parler sans doute –, je leur ai raconté ma visite au directeur du supermarché, et les excuses que je lui avais présentées. Mon père qui m'observait en silence a acquiescé avant de tenter un sourire timide. Ma mère, pour une fois, s'est gardée de commentaires moralisateurs.

260   Le soulagement était palpable. Je me comportais enfin à leurs yeux comme quelqu'un de normal. J'ai omis la suite, le cahier vert, ma « conversation » avec Jacques Desroches, ma décision de tout avouer. Ça viendrait plus tard, quand je ne pourrais plus faire autrement. Je voulais préserver cette soirée, parce que la
265   tempête allait bientôt s'abattre et que j'ignorais ce qui resterait de notre famille après coup. Ensuite, à peine le repas terminé je suis montée me coucher, je me suis recroquevillée dans mon lit et j'ai essayé de dormir.

Ce matin, je me suis réveillée de bonne heure. Je suis restée longtemps entortillée dans les couvertures, dans un état de semi-léthargie. Je ne me souvenais d'ailleurs pas de les avoir tirées sur moi, hier soir. Mes parents avaient dû le faire pendant la nuit. Je me souvenais seulement de mes membres de plomb et du soulagement avec lequel je m'étais laissé engloutir par le sommeil.

J'ai entendu un bruit de pas dans le couloir, puis les craquements légers de l'escalier. Mon engourdissement s'est dissipé d'un coup. Il fallait que je bouge. J'ai allumé ma lampe de chevet. Dans le tiroir de ma table de nuit, j'avais déposé la carte de visite sur laquelle était griffonné le numéro de téléphone du juge. Je me suis habillée et je l'ai glissée dans la poche de mon jean. Je suis descendue à la cuisine. Mon père prenait son petit déjeuner, seul. Ma mère dormait encore. Je me suis assise en face de lui et je me suis versé un bol de lait. Il avait les traits tirés, les yeux las. Il m'a souri. J'ai hésité… Les paroles se bousculaient sur mes lèvres. Je n'ai pas eu le cran de les lui dire. J'avais peur qu'il ne me croie pas, qu'il me prenne pour une menteuse, pour une folle. C'était plus simple de contacter le juge d'abord : il saurait me conseiller.

– Ça va ?

– Ça va.

On n'avait pas eu une si longue conversation depuis une éternité. Il a bu une gorgée de café et a reposé son bol un peu trop brutalement.

– Emma, je suis inquiet pour toi.

Tout me tombait dessus en même temps. Pourquoi mon père se préoccupait-il de moi, tout d'un coup ? Avais-je une tête si effrayante ? Il a continué :

30 – Tu recommences à maigrir, non ?

J'ai hoché la tête. Mon père a regardé ses mains.

– Je sais que je ne suis ni très adroit ni très loquace [1]. Je suis efficace avec les autres. Avec ma famille, c'est plus difficile. Ne m'en veux pas. Je vois bien que tu vas mal et je me sens si mala-
35 droit, si impuissant. Je voudrais que tu saches que, même si je ne comprends pas pourquoi tu souffres tant, je suis là et je…

Sa voix s'est étranglée. Une grosse boule de chagrin venait de se loger dans ma poitrine. Il aurait sans doute fallu que j'y mette du mien, que je parle à mon tour pour briser définitivement
40 cette carapace de silence que nous avions sécrétée depuis tant d'années. J'étais incapable de prononcer un mot, tétanisée par ses paroles. Il a poussé son bol à moitié plein.

– Voilà… Il faut que je m'en aille. À tout à l'heure, Emma. J'ai mes visites.

45 Il m'a effleuré la main. Son geste m'a fait chaud. Il m'a broyé le cœur aussi. Dans une autre famille, je me serais levée, je me serais nichée entre ses bras et on se serait serrés très fort. Je me suis contentée de dessiner un oui inaudible du bout des lèvres.

Papa a quitté la cuisine. Je suis allée jusqu'à la fenêtre pour le
50 guetter. Il s'est installé dans la voiture. Je lui ai fait un petit signe de la main qu'il n'a évidemment pas pu voir. Il est parti. Je suis retournée boire mon lait, j'ai grignoté une ou deux tartines et j'ai attendu. Je me laissais encore un peu de temps.

Vers neuf heures, le téléphone a sonné. La femme de ménage
55 de mon grand-père affolée demandait papa : il était arrivé un malheur. Je lui ai passé ma mère qui se levait à peine. Maman a blêmi et a raccroché. Je savais ce qu'elle allait m'annoncer.

---

1. Loquace : qui parle beaucoup, facilement.

– Emma, c'est horrible, ton grand-père a été découvert pendu à la rampe de l'escalier.

60 Je me suis assise. La veille au soir, je lui avais jeté à la figure ce que j'avais à lui dire. Aujourd'hui encore, je n'en aurais pas retranché un seul mot. Je ne lui avais laissé finalement qu'une alternative : la justice ou le suicide. Il avait choisi.

Et moi, qu'aurais-je préféré ? Le savais-je, d'ailleurs ? Étais-je 65 coupable moi aussi ?

Je l'aurais été en me taisant ou en acceptant ses justifications. Au contraire, je l'avais condamné. J'étais certaine d'avoir raison mais je n'en étais pas fière pour autant. Je n'étais pas un juge impartial, j'étais sa petite-fille. Mamouchka et lui m'avaient forcée 70 à les renier. Comment allais-je continuer à vivre à présent ? De qui serais-je l'héritière ?

Maman m'a parlé, j'ai repris pied, la faisant répéter. Elle ne voulait pas appeler mon père sur son portable de peur qu'il ait un accident en apprenant la nouvelle. Elle a décidé de se 75 rendre immédiatement à la maison des remparts. Maman était préoccupée à l'idée de me laisser seule. Je lui ai affirmé que j'en étais capable. Elle a hésité puis elle est sortie de la pièce. J'étais calme. Je ne ressentais rien. Ni douleur, ni chagrin.

Rien.

80 J'ai entendu la porte se refermer derrière elle.

Je suis seule. Sur le carrelage de la cuisine s'étire une tache de lumière. Je ne sais pourquoi, me reviennent quelques mots d'un poème que j'ai lu un jour :

Voici le jour en trop : le temps déborde…[1]

85 Maintenant tout est fini. Je vais tenter de devenir une femme. Je parlerai d'abord à mes parents puis je les convaincrai de se rendre avec moi chez le juge afin de lui remettre le journal de

---

1. **« Voici le jour en trop : le temps déborde »** : vers extrait de « Vingt-huit novembre mil neuf cent quarante-six », poème écrit par Eluard en 1946 à la mort de sa femme.

mon grand-père, Jacques Desroches. Sa mort n'efface rien hélas et nous refermer sur ce secret serait le pire des choix. Et puis,

90 si lourd qu'il soit à porter, je crois que nous avons le devoir de reprendre son nom, de l'assumer, pleinement, en toute connaissance de cause. Ensuite, je retournerai à l'hôpital, le temps qu'il faudra. J'ai besoin que l'on m'aide.

Un jour enfin, j'écrirai cette histoire, pour que l'on sache.

95 Pour que l'on n'oublie pas.

La maison est silencieuse, lumineuse et fraîche.

Je vais aux toilettes, je m'agenouille et j'introduis mon index tout au fond de ma gorge. Il suffit d'un frôlement pour que le hoquet libérateur me secoue. Je sens le contenu de mon estomac

100 remonter et gicler par ma bouche ouverte, y causant au passage une brûlure acide. Mes yeux se remplissent de larmes. Je me redresse, j'essuie mes lèvres avec du papier et je tire la chasse.

Aujourd'hui, j'ai vomi pour la dernière fois.

À l'origine de ce livre, il y a un film, *Shoah,* de Claude Lanzmann.

Une séquence en Pologne. Une gare, un beau jour de printemps ou d'été, des arbres, du vert, des ombres que l'on devine fraîches. Des promesses de promenades en famille. Du bonheur simple. Et un vieil homme aux cheveux blancs.

Il parle, il raconte devant la caméra. *C'était il y a longtemps. Oui, ça s'est passé ici. Non, on ne peut plus rien voir. Les Allemands ont rasé le camp, ils ont replanté des pins par-dessus pour qu'on ne retrouve rien. Beaucoup de gens sont morts. Beaucoup.*

Il sourit, comme s'il excusait.

Sont-ce ses paroles ? Est-ce ma mémoire qui les recompose, qui réinvente ses gestes ? Sûrement. Mais le problème n'est évidemment pas là. Et si les mots sont différents, ce que fut Sobibor demeure.

Derrière le vierge, le vivace, le bel aujourd'hui, le mépris, la haine, la saleté, la souffrance et la mort…

Dans cette nature idéale, dans ce coin si calme, niché quelque part en Europe, on avait tué, tué et encore tué, méthodiquement, et il n'en restait rien. *Silence assourdissant de Dieu,* diront certains. Ou encore *tendre indifférence du monde,* pour reprendre la formule de Camus.

Plus une trace. Plus un bâtiment. Plus un corps. Quelques témoins éparpillés. Des bourreaux disparus ou impunis. Une forme de crime parfait.

Il y a trois ans, parlant avec une étudiante polonaise de son pays, je me suis rendu compte qu'elle ne connaissait pas ce nom. Elle a froncé ses jolis sourcils. Non, Sobibor ne lui disait rien. Jamais entendu !

30 À la limite, Sobibor n'existait pas. Ou n'existait plus.

Je n'ai pas écrit ce livre par souci d'esthétisme. Ou par opportunité. Je l'ai écrit car il est au cœur de mes préoccupations. Je l'ai écrit parce que d'une certaine manière, je ne pouvais pas faire autrement. Parce qu'il s'est nourri de mes pensées, de mes
35 lectures : Primo Levi, Hannah Arendt, Léon Poliakov, Robert Antelme, et tant d'autres…

Alors, un livre de plus sur les camps ? entendra-t-on peut-être. *On en a déjà tellement parlé…* Ce n'est pas qu'un livre sur les camps, précisément. C'est un livre sur l'après. Sur la mémoire. Sur le
40 mensonge. Sur cette lame de fond qui n'en finit pas d'avancer. Sur le silence.

À l'origine de ce livre, il y a aussi une rencontre. Un trop-plein gardé trop longtemps. Mûri. Et le vertige du vide se partage, qu'on le veuille ou non.

45 Quel rapport entre les camps et l'anorexie ? Aucun, évidemment. Seulement, il arrive parfois que la petite histoire croise les chemins de la grande. Celle qui s'écrit, dit-on, avec un H majuscule.

Au cœur des êtres comme au cœur du temps humain, des
50 secrets que l'on s'efforce d'escamoter. Des abîmes de noirceur.

Ce livre pour essayer de les dissiper.

Jean MOLLA

Un quiz pour commencer

Cochez les bonnes réponses.

❶ *À douze ans, pourquoi Emma s'en veut-elle ?*

❏ Elle croit avoir fait souffrir sa grand-mère en lui rappelant son passé.

❏ Elle n'ose pas demander des détails sur le passé de ses grands-parents.

❏ Elle pense que sa grand-mère lui ment, mais n'ose pas le lui dire.

❷ *D'après Emma, qu'est-ce qui, en fin de compte, a déclenché son anorexie ?*

❏ Les paroles maladroites de Julien sur son poids.

❏ La découverte que sa grand-mère lui avait menti.

❏ Les relations de moins en moins satisfaisantes avec ses parents.

❸ *Pourquoi Emma décide-t-elle de faire ce qu'on lui demande et de reprendre du poids ?*

❏ Elle est pressée de retourner vivre avec ses parents.

❏ Elle n'a plus besoin d'être malade : elle a compris les raisons de sa maladie.

❏ Elle a peur de perdre la raison en restant à l'hôpital.

❹ *À qui Emma révèle-t-elle qu'elle sait quelque chose que personne d'autre ne sait ?*

    ❏ À son père.

    ❏ Au psychanalyste de Poitiers.

    ❏ Au directeur du supermarché.

❺ *Pourquoi Emma se montre-t-elle nue à son grand-père ?*

    ❏ Parce qu'il veut vérifier qu'elle a pris du poids.

    ❏ Parce qu'elle a oublié de fermer la porte de la salle de bain.

    ❏ Parce qu'elle veut lui rappeler la guerre et Sobibor.

❻ *Comment Emma connaît-elle la véritable identité de son grand-père ?*

    ❏ Elle a retrouvé une lettre de sa grand-mère qui la révélait.

    ❏ Elle a reconnu son grand-père sur la photo de Jacques Desroches.

    ❏ Elle l'a identifié grâce à son écriture.

❼ *Comment les nazis ont-ils fait disparaître le camp de Sobibor ?*

    ❏ Ils l'ont bombardé.

    ❏ Ils ont replanté une forêt à l'emplacement des bâtiments.

    ❏ Ils ont laissé le terrain en friche.

❽ *Qu'est-ce qu'Emma dit réellement à son grand-père ?*

    ❏ Je ne te pardonne pas, je te juge.

    ❏ Je ne te juge pas, je te condamne.

    ❏ Je ne te pardonne pas, je t'oublie.

❾ *À quoi la mort du grand-père d'Emma met-elle fin ?*

    ❏ Aux préoccupations d'Emma : le bourreau est puni, il ne reste plus rien à faire.

    ❏ À ses vomissements : elle est sûre d'elle et sait ce qu'il lui reste à faire.

    ❏ À la sérénité familiale : ses parents ne lui pardonnent pas la mort de son grand-père.

Des questions pour aller plus loin

☛ Étudier le dénouement du roman

Le dénouement de tous les fils

❶ Quels sont les personnages présents ou cités dans les chapitres 13 à 19 ? Que remarquez-vous ?

❷ Qui raconte ce qui n'est pas décrit dans le cahier de Jacques Desroches : la fin de l'histoire de Jacques et Anna d'une part, de Sobibor et de l'armée allemande d'autre part ? Complétez le tableau suivant en essayant de dater les événements.

Histoire de Jacques et Anna		Histoire de Sobibor et de l'armée allemande	
Dates	Événements	Dates	Événements

❸ Dans les chapitres 13 à 19, quelles sont les différentes étapes de l'évolution de l'état de santé d'Emma ?

❹ Comment Emma réorganise-t-elle ses liens familiaux ? Quel nouveau regard porte-t-elle sur ses parents ?

❺ Quels temps de l'indicatif sont employés dans les derniers paragraphes du roman (p. 166-167, l. 81-103) ? Donnez un exemple de chaque temps.

❻ Lequel de ces temps est employé pour la première fois ? De quoi est-ce le signe ?

La condamnation du bourreau

❼ Quel conseil donne le directeur du supermarché à Emma ? Suit-elle ce conseil ?

❽ Au cours du chapitre 18, quelles justifications le grand-père d'Emma donne-t-il à ses actes pendant la guerre ?

❾ Quels types de phrases sont utilisés dans les propos d'Emma (p. 157-160) ? Justifiez leur emploi.

❿ Qu'est-ce qui semble avoir décidé le grand-père à se suicider ? Comment interpréter ce geste ?

Écrire pour ne pas oublier

⓫ Quelles sont les différentes actions mises en place par les nazis pour effacer les traces de l'extermination ?

⓬ Au niveau individuel, Jacques et Anna ont eux aussi accompli des actes pour oublier, lesquels ?

⓭ En quoi les dispositions auxquelles pense Emma à la fin du chapitre 19 (l. 85-95) sont-elles une réponse efficace contre l'oubli ?

⓮ D'après la postface, quelles raisons ont poussé Jean Molla à écrire ce livre ?

Rappelez-vous !
On appelle postface un avertissement ou un commentaire situé à la fin d'un ouvrage. Elle est rédigée par l'auteur ou par une autre personne et s'adresse directement au lecteur. On dit qu'elle fait partie du paratexte d'une œuvre, c'est-à-dire de ce qui entoure le texte proprement dit, de même que le titre, le nom de l'auteur, la préface.

De la lecture à l'écriture

Des mots pour mieux écrire

❶ À quel champ lexical appartiennent les mots suivants :
mystère, occulté, hypocrisie, cacher, dissimuler, feindre ?
Trouvez des antonymes pour établir le champ lexical opposé.
❷ Trouvez cinq mots de la même famille que le mot « oubli »
et cinq autres de la même famille que le mot « mémoire » puis
rédigez des phrases où vous les emploierez.

À vous d'écrire

❶ Emma décide de parler à ses parents après le suicide de son grand-père. Rédigez cet épilogue du roman.
Consigne. Vous tiendrez compte de ce que vous savez des parents d'Emma et de l'évolution de leurs rapports avec Emma pour imaginer leurs réactions à ce qu'elle leur apprend.

❷ « Un jour enfin, j'écrirai cette histoire, pour que l'on sache. » Emma vient de terminer son manuscrit, rédigez la lettre qu'elle envoie aux éditeurs avec son manuscrit pour les convaincre de la nécessité de publier son livre.
Consigne. Soignez la présentation de la lettre et n'oubliez pas qu'il s'agit de convaincre en développant des arguments.

Du texte à l'image

➡ Planche de Tardi parue dans le quotidien *Libération* (27 janvier 2000).
(Image reproduite en fin d'ouvrage.)

👁 Lire l'image

❶ Comparez la première et la dernière image de la bande dessinée.
L'évolution que vous remarquez convient-elle au genre littéraire
annoncé dans la première image ?

❷ Faites la liste de toutes les oppositions, dans le texte et dans l'image,
sur lesquelles repose la bande dessinée.

❸ La lecture des histoires de monstres avait-elle de quoi inquiéter la
petite princesse ? Vous justifierez votre réponse par des indices puisés
dans le texte et dans l'image.

📄 Comparer le texte et l'image

❹ En quoi cette planche de bande dessinée rappelle-t-elle l'histoire
d'Emma ?

❺ En quoi le message délivré par la bande dessinée n'est-il cependant
pas du tout le même que celui de Jean Molla ?

✏ À vous de créer

❻ S'il fallait écrire une morale pour conclure cette bande dessinée, que
proposeriez-vous ?

❼ Et si la copine de la petite princesse racontait ce qui s'est passé pour
défendre la même idée ? En effet, elle regrette les conseils qu'elle lui
a donnés et qui ont conduit à la réapparition des monstres. Rédigez la
lettre ouverte qu'elle pourrait faire publier dans la presse pour expliquer
qu'il faut se souvenir de ce qui s'est passé, même si c'est effrayant.

Arrêt sur l'œuvre

Des questions sur l'ensemble du roman

Des personnages complexes

❶ Faites la liste des personnages du roman, en les classant en fonction du lieu où ils apparaissent : Sobibor ou Angoulême. En quoi cette liste correspond-elle à celle d'un roman historique ?

❷ Quel rôle jouent Julien et M. Prade, le directeur du supermarché ?

❸ Jean Molla refuse le manichéisme et crée des personnages complexes. En quoi Emma et son grand-père lui-même reflètent-ils ce refus de simplification ?

Un temps perturbé : le mélange des époques

❹ Relisez les premiers et derniers paragraphes du roman (p. 11 et p. 167). Que remarquez-vous ? Combien de temps s'est-il écoulé entre le début et la fin du livre ?

❺ Remettez les événements suivants dans l'ordre chronologique : le vol au supermarché, les premiers problèmes de poids d'Emma, le suicide du grand-père, la découverte du cahier de Jacques Desroches, la Seconde Guerre mondiale, la maladie et la mort de la grand-mère.

Citez une période évoquée dans le roman qui est antérieure à tous ces événements.

❻ Faites la liste, chapitre par chapitre, de tout ce que l'on apprend sur l'histoire des grands-parents d'une part, et l'histoire d'Emma d'autre part.

Le récit de l'extermination

❼ Quels sont les camps d'extermination cités dans le roman ? Ont-ils tous existé ?

❽ Dans quels chapitres Eva Hirschbaum est-elle mentionnée ? À votre avis, pourquoi Jean Molla a-t-il choisi de répéter ainsi son histoire ?

❾ Dans les chapitres consacrés au journal de Jacques Desroches, Emma, la narratrice du roman, intervient régulièrement : quel est son rôle ?

Des mots pour mieux écrire

Lexique du mensonge

Artifice : moyen habile et trompeur pour déguiser la vérité.

Boniment : discours trompeur visant à vanter une marchandise, séduire un client; propos mensonger pour tromper quelqu'un.

Craques : mensonges par exagération (familier).

Désinformation : fait de donner des informations fausses pour induire en erreur, cacher ou déguiser des faits.

Dupe : personne que l'on trompe.

Duplicité : caractère d'une personne qui feint, qui a deux attitudes, joue deux rôles différents.

Fable : anecdote mensongère.

Fanfaron : personne qui se vante, exagère son courage, ses exploits.

Fard : procédé par lequel on tente de dissimuler ou d'embellir la vérité.

Feindre : cacher ses véritables sentiments, faire croire à un sentiment ou une qualité que l'on n'a pas, simuler.

Hâbleur : personne qui parle beaucoup en exagérant, en se vantant.

Hypocrite : personne qui dissimule ses opinions en exprimant des avis, des sentiments qui ne sont pas les siens.

Imposture : action de tromper par des discours mensongers, de fausses apparences.

Leurrer : attirer quelqu'un par des apparences trompeuses, en faisant naître de fausses espérances.

Maquiller : modifier de façon trompeuse l'apparence de quelque chose, fausser volontairement pour duper.

Mirage : illusion, apparence séduisante et trompeuse.

Mystification : actes ou paroles servant à abuser quelqu'un de naïf ; tromperie collective concernant une idée, une croyance.

Mythomanie : tendance à la fabulation, à l'exagération et au mensonge.

Simuler : représenter, imiter quelque chose qui n'est pas, singer.

Mots croisés

Tous les mots à placer dans cette grille simplifiée se trouvent dans le lexique du mensonge. Attention, il peut être nécessaire de mettre les noms et les adjectifs au pluriel et de conjuguer les verbes.

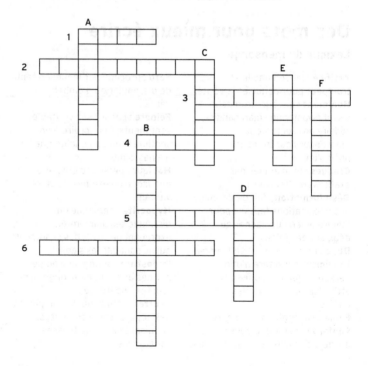

Horizontalement

1. Certains aiment la vérité sans...... : la vérité pure, non maquillée.

2. « Arrête tes ......! » : arrête de mentir, d'inventer des excuses pour te faire pardonner.

3. Les voleurs ont ...... la voiture volée : ils ont changé les plaques d'immatriculation, la peinture de la carrosserie.

4. Nous ne sommes pas ...... de toutes vos excuses : nous n'y croyons pas.

5. Pour ne pas faire son service militaire, il n'a pas hésité à ...... la folie : il a fait croire qu'il était fou.

6. Il la regarde avec un sourire ...... : en réalité, il ne la supporte pas et ne cesse de la critiquer quand elle n'est pas là.

Verticalement

A. Quel ...... ! Il fait tout pour qu'on le remarque avec son nouveau scooter.

B. En temps de guerre, l'armée pratique la ...... : elle donne aux télévisions des images souvent rassurantes et ne montre que ce qu'elle veut bien.

C. Arrête de ...... ! Tu n'es pas malade, tu ne resteras pas à la maison.

D. Il nous a raconté des ...... : il a menti en exagérant.

E. Les explorateurs ont été trompé par un ...... : ils ont cru voir des secours se diriger vers eux, mais il n'y avait personne.

F. Il n'a pas réussi à nous ...... : nous ne nous sommes pas laissé tromper par ce qu'il nous a promis.

Lexique de la mémoire et de l'oubli

Amnésie : perte totale ou partielle de la mémoire.
Amnistie : acte du pouvoir législatif prescrivant l'oubli officiel d'une infraction et annulant les poursuites ou les condamnations dont elle pourrait faire l'objet.
Commémoration : cérémonie destinée à rappeler la mémoire d'une personne ou d'un événement.
Étourderie : inattention, manque de mémoire et d'organisation.
Impérissable : qui ne peut pas périr, disparaître; qui dure très longtemps.
Imprescriptible : qui ne peut pas être effacé, supprimé.

Indélébile : qu'on ne peut pas effacer.
Lancinant : qui tourmente de façon persistante.
Obsédant : qui tourmente sans répit, de façon incessante.
Omission : fait de ne pas faire, de ne pas dire quelque chose, volontairement ou non.
Perpétuer : faire durer très longtemps ou toujours, immortaliser.
Réminiscence : retour à l'esprit d'une image que l'on ne reconnaît pas comme un souvenir, souvenir inconscient d'en être un, souvenir vague.
Ressasser : faire repasser les mêmes choses dans son esprit; répéter de façon lassante.

Complétez les phrases suivantes à l'aide du lexique de la mémoire et de l'oubli.

a. Il souffre d'........................ : il ne se souvient plus de ce qu'il a fait il y a deux mois.

b. Le crime contre l'humanité est ...., il ne peut bénéficier d'une .... : un homme accusé de crime contre l'humanité peut être jugé quelle que soit l'ancienneté des faits.

c. Pour ne pas avouer une bêtise, on ment parfois par ....

d. Le souvenir de l'accident auquel elle a assisté est .... : elle en revoit des images chaque nuit.

e. Les .... des deux guerres mondiales ont pour but de .... la mémoire des combats et des massacres.

Lexique du poids

Adipeux : gras.
Bouffi : gonflé, déformé par la graisse.
Cave : creux, qui présente une cavité, un renfoncement.
Corpulence : grandeur et grosseur du corps humain; morphologie d'une personne forte ou obèse.
Diaphane : translucide, pâle et qui laisse apparaître les veines.
Efflanqué : aux flancs creusés par la maigreur, décharné.
Émacié : très amaigri, marqué par un amaigrissement extrême.

Embonpoint : état d'un corps bien en chair, un peu gras.
Étique : d'une maigreur extrême.
Gracile : mince et délicat.
Plantureux : très abondant, bien en chair.
Potelé : qui a des formes rondes et pleines.
Rachitique : qui a été atteint d'une maladie de croissance, maigre.
Replet : qui est bien en chair.
S'étioler : devenir chétif, pâle, anémié.

Quelles associations peut-on faire pour décrire quelqu'un ? En vous aidant du lexique du poids, reliez les adjectifs de la colonne de droite avec la partie du corps qu'ils peuvent caractériser (noms de la colonne de gauche).

- rachitique
- gracile
peau • - émacié
yeux • - caves
visage • - potelé
pied • - diaphane
silhouette • - bouffi
- efflanqué
- corpulent

À vous de créer

Organiser un débat en classe

Pensez-vous que l'on puisse inventer une œuvre de fiction sur la déportation ? Quelles précautions prendre ? Quels dangers faut-il éviter selon vous ?

Vous préparerez un débat en classe dans lequel s'exprimeront des avis différents sur ce sujet.

Vous commencerez par faire la liste des arguments pour et contre l'invention d'un roman ou d'un film sur (un épisode de) la Shoah.

Vous chercherez au CDI et sur Internet des œuvres de fiction ayant été écrites sur la déportation et vous vous ferez une idée sur ce qui y est montré de cette expérience et sur les déformations de la réalité historique (qui est le personnage ? que sait-on de lui ? ce qui lui arrive aurait-il été possible ?, etc.). Les résultats de vos recherches et analyses seront présentés à l'ensemble de la classe.

Vous organiserez le débat au sein de la classe en prenant soin de développer les arguments de chacun des points de vue et en utilisant comme exemples les œuvres rencontrées dans vos recherches et lors de la mise en commun en classe.

Du texte à l'image

➡ Nandor Glid, *Aux victimes des camps de concentration*, Mémorial de Yad Vashem.
(Image reproduite en début d'ouvrage, au verso de la couverture.)

👁 *Lire l'image*

❶ Où se trouve cette sculpture ? De quel endroit s'agit-il ? Quelle est sa vocation ?

❷ Décrivez le plus précisément possible les personnes représentées sur cette sculpture.

❸ Regardez sous le personnage en bas à droite : quel élément des camps cela rappelle-t-il ?

📄 *Comparer le texte et l'image*

❹ Nandor Glid a créé un monument à la mémoire des victimes des camps de concentration et d'extermination. Quels sentiments cherche-t-il à faire naître en nous ? Retrouve-t-on cette volonté dans le roman de Jean Molla ?

❺ Pensez-vous que la vision d'un monument commémoratif est plus efficace que la lecture d'un récit sur l'extermination ? Vous justifierez votre réponse en développant au moins deux arguments.

✏ *À vous de créer*

❻ Proposez un titre pour cette sculpture.

Récits des camps

Jacques Sternberg, *La Boîte à guenilles*

Jacques Sternberg (1923-2006) est connu comme auteur de nombreuses nouvelles et de romans teintés de fantastique et d'absurde. Mais qui sait qu'il entra dans sa vie adulte de façon brutale ? D'origine juive polonaise, il se réfugie en France avant la guerre, puis s'enfuit en Espagne où il est arrêté avec ses parents et sa sœur. Tous sont expulsés et internés au camp de Gurs, dans le Sud de la France, un camp d'abord destiné aux exilés espagnols, des républicains battus par l'armée franquiste, puis aux déportés juifs qui étaient ensuite envoyés à Drancy puis Auschwitz ou Majdaneck. Dans *La Boîte à guenilles*, qu'il publie en 1945 sous le pseudonyme de Jacques Bert, Jacques Sternberg nous apporte son témoignage sur ce camp.

Je pense à cette baraque de ciment. Je croyais qu'elles seraient en bois, puis voilà qu'on nous remise dans des niches de pierres.

Devant moi, il y a deux femmes. Je les ai vues avec leurs rideaux de cheveux pendant sur le front, leurs ongles cassés, et leurs poitrines creuses, concaves.

Une fille, c'est pourtant fait pour avoir une poitrine narquoise sous la robe fine, une poitrine qui a l'air de dire :

« Allons ! prends-moi, si tu oses... »

Et qui, chaque fois que la main approche de trop près, disparaît.

Puis aussi, chez les filles, des jambes lisses, si lisses que quand on les touche, on croit caresser du bois poli.

Ces femmes ne sont pas du tout comme cela.

Leurs jambes sont des bois qui se plantent dans des os. Elles ressemblent, ces femmes, à des personnages bâtis avec des allumettes.

C'est pour cela peut-être qu'on les met en vrac avec des hommes.

Des paquets, voilà sans doute ce que nous sommes ici.

C'est vrai, un paquet ça n'a pas de sexe. On l'emballe dans de vieux chiffons, on encorde le tout et on le dispose dans des baraques numérotées.

Le jour des expéditions de colis vers l'Allemagne, on a un travail pas compliqué à faire. Travail mécanisé, à saccades.

Baraque 4, autant de paquets.

Baraque 7, deux paquets de plus que le chiffre prévu.

Emmener en tas, ranger à la gare, compter, trier et cacheter.

Pas de frais de douane, expédier en petite vitesse, par wagon plombé.

Et défense d'ouvrir avant la frontière.

Je nage parmi eux, je voudrais leur dire :

« Eh mais ! criez, remuez, dites-leur que vous n'êtes pas des colis ! »

Mais rien à faire, ils ne bougent pas ; la ficelle noue leurs gestes, les timbres collent leurs paroles, le papier les fige.

Jacques Sternberg, *La Boîte à guenilles* [1945],
Éditions de La Table Ronde, « La petite vermillon », 2008.

Primo Levi, *Si c'est un homme*

Primo Levi (1919-1987) est l'un des grands témoins de l'extermination des Juifs pendant la Seconde Guerre mondiale. D'origine juive, il se heurte à la montée du fascisme et des lois antisémites en Italie. C'est en tant que Résistant qu'il est arrêté en décembre 1943, mais contraint d'avouer qu'il est juif à force d'interrogatoires, il est interné puis déporté à Auschwitz en février 1944. Écrit en 1946, *Si c'est un homme* est d'abord refusé par les éditeurs puis imprimé à 2 500 exemplaires seulement. Il est redécouvert dans les années soixante et est devenu depuis une œuvre majeure, le témoignage le plus lu sur les camps. Primo Levi fait le récit de sa déportation et cherche à analyser la déshumanisation dont les déportés ont été victimes dès leur arrivée à Auschwitz.

Alors, pour la première fois, nous nous apercevons que notre langue manque de mots pour exprimer cette insulte : la démolition d'un homme. En un instant, dans une intuition quasi prophétique, la réalité nous apparaît : nous avons touché le fond. Il est impossible d'aller plus bas : il n'existe pas, il n'est pas possible de concevoir condition humaine plus misérable que la nôtre. Plus rien ne nous appartient : ils nous ont pris nos vêtements, nos chaussures, et même nos cheveux ; si nous parlons, ils ne nous écouteront pas, et même s'ils nous écoutaient, ils ne nous comprendraient pas. Ils nous enlèveront jusqu'à notre nom : et si nous voulons le conserver, nous devrons trouver en nous la force nécessaire pour que derrière ce nom quelque chose de nous, de ce que nous étions, subsiste.

Nous savons, en disant cela, que nous serons difficilement compris, et il est bon qu'il en soit ainsi. Mais que chacun considère en soi-même toute la valeur, toute la signification qui s'attache à la plus anodine de nos habitudes quotidiennes, aux milles petites choses qui nous appartiennent et que même le plus humble des mendiants possède : un mouchoir, une vieille lettre, la photographie d'un être cher. Ces choses-là font partie de nous presque autant que les membres de notre corps, et il n'est pas concevable en ce monde d'en être privé, qu'aussitôt nous ne trouvions à les remplacer par d'autres objets, d'autres parties de nous-mêmes qui veillent sur nos souvenirs et les font revivre.

Qu'on imagine maintenant un homme privé non seulement des êtres qu'il aime, mais de sa maison, de ses habitudes, de ses vêtements, de tout enfin, littéralement de tout ce qu'il possède : ce sera un homme vide, réduit à la souffrance et au besoin, dénué de tout discernement, oublieux de toute dignité – car il n'est pas rare, quand on a tout perdu, de se perdre soi-même ; ce sera un homme dont on pourra décider de la vie ou de la mort le cœur léger, sans aucune considération d'ordre humain, si ce n'est, tout au plus, le critère d'utilité. On comprendra alors le double sens du terme « camp d'extermination » et ce que nous entendons par l'expression « toucher le fond ».

Primo Levi, Si c'est un homme [Julliard, 1947], trad. de l'italien
par Martine Schruoffeneger, Robert Laffont, « Bouquins », 2005.

Jorge Semprún, *Le Grand Voyage*

Espagnol venu en France pour fuir l'armée franquiste, Jorge Semprún (né en 1923) est déporté en tant que Résistant, en 1943, à Buchenwald. *Le Grand Voyage* est le premier récit qu'il fait de sa déportation. Le grand voyage, c'est celui qui le conduit avec 119 autres déportés à Buchenwald. Les souvenirs de différents moments de son expérience concentrationnaire émaillent le récit principal, celui du trajet vers le camp. Dans l'extrait suivant, il se souvient de l'arrivée inattendue d'enfants juifs ayant survécu à leur voyage.

Mais finalement il n'y a plus eu sur le quai de la gare que cette quinzaine d'enfants juifs. Les S. S. sont revenus en force, alors, ils avaient dû recevoir des instructions précises, ou bien leur avait-on donné carte blanche, peut-être leur avait-on permis d'improviser la façon dont ces enfants allaient être massacrés. En tout cas, ils sont revenus en force, avec des chiens, ils riaient bruyamment, ils criaient des plaisanteries qui les faisaient s'esclaffer. Ils se sont déployés en arc de cercle et ils ont poussé devant eux, sur la grande avenue, cette quinzaine d'enfants juifs. Je me souviens, les gosses regardaient autour d'eux, ils regardaient les S. S., ils ont dû croire au début qu'on les escortait simplement vers le camp, comme ils avaient vu le faire pour leurs aînés, tout à l'heure. Mais les S. S. ont lâché les chiens et ils se sont mis à taper à coups de matraque sur les enfants, pour les faire courir, pour faire démarrer cette chasse à courre sur la grande avenue, cette chasse qu'ils avaient inventée, ou qu'on leur avait ordonnée d'organiser, et les enfants juifs, sous les coups de matraque, houspillés par les chiens sautant autour d'eux, les mordant aux jambes, sans aboyer, ni grogner, c'étaient des chiens dressés, les enfants juifs se sont mis à courir sur la grande avenue, vers la porte du camp. Peut-être à ce moment-là n'ont-ils pas encore compris ce qui les attendait, peut-être ont-ils pensé que ce n'était qu'une dernière brimade, avant de les laisser entrer au camp. Et les enfants couraient, avec leurs grandes casquettes à longue visière, enfoncées jusqu'aux oreilles, et leurs jambes bougeaient de façon maladroite, à la fois saccadée et lente, comme au cinéma quand on projette de vieux films muets, comme dans les cauchemars où l'on court de toutes ses forces sans arriver à avancer d'un pas, et cette chose qui vous suit va vous rattraper, elle vous rattrape et vous vous réveillez avec des sueurs froides, et cette chose, cette meute de chiens et de S. S. qui courait derrière les enfants juifs eut bientôt englouti les plus faibles d'entre eux, ceux qui n'avaient que huit ans, peut-être, ceux qui n'avaient bientôt plus la force de bouger, qui étaient renversés, piétinés, matraqués par terre, et qui restaient étendus au long de l'avenue, jalonnant de leurs corps maigres, disloqués, la progression de cette chasse à courre, de cette meute qui déferlait sur eux. Et il n'en resta bientôt plus que deux, un grand et un petit, ayant perdu leurs casquettes dans leur course éperdue, et leurs yeux brillaient comme des éclats de glace dans leurs visages gris, et le plus petit commençait à perdre du terrain, les S. S. hurlaient derrière eux, et les chiens aussi ont commencé à hurler, l'odeur du sang les affolait, et alors le plus grand des enfants a ralenti sa course pour prendre la main du plus petit, qui trébuchait déjà, et ils ont fait encore quelques mètres, ensemble, la main droite de l'aîné serrant la main gauche du plus petit, droit devant eux, jusqu'au moment où les coups de matraque les ont abattus, ensemble, face contre terre, leurs mains serrées à tout jamais. Les S. S. ont rassemblé les chiens, qui grondaient, et ils ont refait le chemin en sens inverse, tirant une balle, à bout portant, dans la tête de chacun des enfants tombés sur la grande avenue, sous le regard vide des aigles hitlériennes.

Jorge Semprún, *Le Grand Voyage* [1963],
Gallimard, «Folio», 1972.

Charlotte Delbo, *Auschwitz et après*

Charlotte Delbo (1913-1985) est née dans un milieu populaire. Très vite, elle devient une militante communiste. Comédienne et assistante de Louis Jouvet, elle part avec sa troupe en Amérique latine en mai 1941, mais dès le mois de septembre elle rentre en France pour s'engager dans la Résistance. Elle est arrêtée en mars 1942 et déportée à Auschwitz le 24 janvier 1943. Elle est ensuite transférée à Ravensbrück en janvier 1944. C'est là qu'elle est libérée, le 23 avril 1945 et rapatriée en France. Mais comment reprendre vie après une telle expérience ? Comment retrouver un élan vital ? C'est à ce retour du camp qu'est consacré le troisième volume de sa trilogie *Auschwitz et après*, une œuvre qui évoque la déportation sous forme de récits et de poèmes. L'extrait suivant pose la question du témoignage et de la difficulté à dire ce qui a été, une difficulté à laquelle se sont heurtés tous ceux qui ont tenu à témoigner de ce qu'ils ont vécu dans les camps de la mort.

> Vous voudriez savoir
> poser des questions
> et vous ne savez quelles questions
> et vous ne savez comment poser les questions
> alors vous demandez
> des choses simples
> la faim
> la peur
> la mort
> et nous ne savons pas répondre
> nous ne savons pas répondre avec vos mots à vous
> et nos mots à nous
> vous ne les comprenez pas
> alors vous demandez des choses plus simples
> dites-nous par exemple
> comment se passait une journée
> c'est si long une journée
> que vous n'auriez pas la patience
> et quand nous répondons
> vous ne savez pas comment passait une journée
> et vous croyez que nous ne savons pas répondre.

Vous ne croyez pas ce que nous disons
parce que
si c'était vrai
ce que nous disons
nous ne serions pas là pour le dire.
Il faudrait expliquer
l'inexplicable
expliquer
pourquoi Viva qui était si forte
est-elle morte
et non pas moi
pourquoi Mounette
qui était ardente et fière
est-elle morte
et non pas moi
pourquoi Yvonne
qui était résolue
et non pas Lulu
pourquoi Rosie
qui était innocente et ne savait encore
ni pourquoi vivre
ni pourquoi mourir
pourquoi Rosie
et non pas Lucie
pourquoi Mariette
et non pas Poupette
sa sœur
qui était plus jeune et toute frêle
pourquoi Madeleine
et non pas Hélène
qui couchait près d'elle
pourquoi pourquoi
parce que tout ici est inexplicable.

Charlotte Delbo, *Auschwitz et après, III Mesure de nos jours* [1971],
Les Éditions de Minuit, « Documents », 2004.

Margarete Buber-Neumann, *Milena*

Margarete Buber-Neumann (1901-1989) est une communiste allemande qui a connu l'enfermement dans un goulag en Union soviétique, victime des purges staliniennes en 1937, puis la déportation à Ravensbrück lorsque Staline, en 1940 décide de livrer à Hitler les communistes allemands réfugiés en Union soviétique. C'est dans ce camp qu'elle fait la connaissance de Milena Jesenska, une journaliste tchèque, amie de l'écrivain Franz Kafka, arrêtée pour ses activités de Résistante. Grande admiratrice de la journaliste, Margarete Buber-Neumann lui consacre une biographie dans laquelle la période passée au camp de Ravensbrück occupe une grande place. Elle évoque ainsi la vie des prisonnières dans le camp, les expériences médicales qui étaient faites sur elles puis les exécutions de plus en plus fréquentes. La scène suivante se situe au cours de l'été 1944, juste avant qu'une chambre à gaz ne soit construite dans le camp.

L'ordre arriva de dresser des listes de toutes les handicapées de naissance, de toutes les épileptiques, de toutes celles qui souffraient d'incontinence d'urine, de toutes les amputées, de toutes celles qui souffraient d'asthme et de maladie pulmonaire, ainsi que de toutes les malades mentales. En même temps, les SS s'efforcèrent de nous tranquilliser en nous indiquant que ces détenues seraient transférées dans un camp où le travail était facile. Une commission médicale fit même son apparition et examina les malades. Puis, un jour, deux camions vinrent emporter les premières. Le soir même, Milena me raconta, horrifiée, que l'on avait jeté de grandes malades sur une litière de foin, dans les camions, que l'on avait traité de la manière la plus inhumaine qui soit ces personnes souffrantes. À partir de cet instant, elle n'eut plus aucun doute concernant le but de ces transports.

Deux jours plus tard, nos plus sombres supputations se trouvèrent confirmées. Les mêmes camions étaient revenus à Ravensbrück et avaient déchargé devant l'intendance une montagne d'objets : uniformes de détenues, avec les numéros de celles que l'on avait emmenées, prothèses dentaires, lunettes, une béquille, des peignes, des brosses à dents, du savon… Le camp fut saisi d'effroi. Nous n'avions plus dès lors la moindre illusion concernant le but de ce prétendu transport de malades. […]

Les transports se succédaient, emportant les détenues hors du camp, et les camions rapportaient avec une régularité atroce les effets de celles que l'on avait tuées. Lorsque celles qui étaient atteintes de «maladies héréditaires» eurent été exterminées, de nouvelles listes furent établies – comportant cette fois les noms de toutes les détenues juives. Pour Milena comme pour moi, le sens de cette mesure n'était que trop clair ; mais, aussi incroyable que cela paraisse, nos codétenues juives avec lesquelles nous parlions de ces listes et que nous regardions le cœur déchiré s'efforçaient de nous convaincre que l'on allait certainement les transférer dans un autre camp. Les conduire à la mort ? Allons donc ! Cela ne tenait pas debout ! Elles étaient jeunes, fortes, aptes au travail ! Il y avait, dans le premier transport, une femme médecin juive qui nous avait promis de glisser un message dans l'ourlet de sa robe, nous indiquant le but de leur voyage et nous informant de son destin et de celui de ses compagnes. Nous trouvâmes le billet. Elle y avait écrit : «Ils nous ont emmenées à Dessau[1]. Nous devons nous déshabiller. Adieu ! »

Margarete Buber-Neumann, Milena [1977],
trad. de l'allemand par Alain Brossat, Seuil, «Points», 1997.

Marguerite Duras, *La Douleur*

Marguerite Duras (1914-1996) rejoint la Résistance en 1943. Son groupe tombe dans un guet-apens le 1er juin 1944 : elle parvient à s'échapper, mais Robert Antelme, son mari, est arrêté par la Gestapo. Il est déporté à Buchenwald. Une fois la guerre terminée, François Mitterand, qui était le dirigeant de leur réseau, le retrouve à Dachau, malade du typhus, dans un état d'épuisement extrême. *La Douleur* évoque le retour à Paris d'un homme aux portes de la mort.

Le voyage a été très dur, très long. Il fallait s'arrêter toutes les demi-heures à cause de la dysenterie. Dès qu'ils se sont éloignés de Dachau, Robert L.[2] a parlé. Il a dit qu'il savait qu'il n'arriverait

---

1. Dessau : nom d'un camp de concentration en Allemagne.
2. Robert L. : nom par lequel Marguerite Duras désigne son mari Robert Antelme.

pas à Paris vivant. Alors il a commencé à raconter pour que ce soit dit avant sa mort. Robert L. n'a accusé personne, aucune race, aucun peuple, il a accusé l'homme. Au sortir de l'horreur, mourant, délirant, Robert L. avait encore cette faculté de n'accuser personne, sauf les gouvernements qui sont de passage dans l'histoire des peuples. Il voulait que D. et Beauchamp[1] me racontent après sa mort ce qu'il avait dit. [...]

Je ne sais plus quand je me suis retrouvée devant lui, lui, Robert L. Je me souviens des sanglots partout dans la maison, que les locataires sont restés longtemps dans l'escalier, que les portes étaient ouvertes. On m'a dit après que la concierge avait décoré l'entrée pour l'accueillir et que dès qu'il était passé, elle avait tout arraché et qu'elle, elle s'était enfermée dans sa loge, farouche, pour pleurer.

Dans mon souvenir, à un moment donné, les bruits s'éteignent et je le vois. Immense. Devant moi. Je ne le reconnais pas. Il me regarde. Il sourit. Il se laisse regarder. Une fatigue surnaturelle se montre dans son sourire, celle d'être arrivé à vivre jusqu'à ce moment-ci. C'est à ce sourire que tout à coup je le reconnais, mais de très loin, comme si je le voyais au fond d'un tunnel. C'est un sourire de confusion. Il s'excuse d'en être là, réduit à ce déchet. Et puis le sourire s'évanouit. Et il redevient un inconnu. Mais la connaissance est là, que cet inconnu c'est lui, Robert L., dans sa totalité.

Il avait voulu revoir la maison. On l'avait soutenu et il avait fait le tour des chambres. Ses joues se plissaient mais elles ne se décollaient pas des mâchoires, c'était dans ses yeux qu'on avait vu son sourire. [...]

Le docteur est arrivé. Il s'est arrêté net, la main sur la poignée, très pâle. Il nous a regardés puis il a regardé la forme sur le divan. Il ne comprenait pas. Et puis il a compris : cette forme n'était

---

1. D. et Beauchamp : amis de Marguerite Duras, ce sont eux qui sont partis chercher Robert Antelme pour le ramener à Paris.

pas encore morte, elle flottait entre la vie et la mort et on l'avait appelé, lui, le docteur, pour qu'il essaye de la faire vivre encore.

Marguerite Duras, *La Douleur* [P.O.L, 1985], Gallimard, « Folio », 1993.

Secrets de famille

Bernhard Schlink, *Le Liseur*

Écrivain allemand, Bernard Schlink (né en 1944) a commencé par écrire des romans policiers, mais son premier livre traduit en français, celui qui l'a fait connaître, est un roman en partie autobiographique, *Le Liseur*. Michaël, le narrateur, un adolescent de 15 ans, fait par hasard connaissance d'une femme plus âgée que lui et devient son amant pendant six mois. Plus tard, alors qu'il est devenu étudiant en droit, il la retrouve : elle est l'une des accusées d'un procès de criminelles nazies. C'est ainsi qu'il découvre le passé que son amante avait caché.

Pourquoi suis-je aussi triste, quand je repense à ce temps-là[1] ? Est-ce le regret du bonheur passé ? Car je fus heureux les semaines suivantes[2], durant lesquelles je me suis vraiment abruti de travail, réussissant à ne pas redoubler, et durant lesquelles nous nous sommes aimés comme si rien d'autre au monde ne comptait. Est-ce de savoir ce qui vint ensuite, et que ce qui se révéla ensuite était en fait déjà là ?

Pourquoi ? Pourquoi ce qui était beau nous paraît-il rétrospectivement détérioré parce que cela dissimulait de vilaines vérités ? Pourquoi le souvenir d'années de mariage heureux est-il gâché lorsque l'on découvre que, pendant tout ce temps-là, l'autre avait un amant ? Parce qu'on ne saurait être heureux dans une situation pareille ? Mais on était heureux ! Parfois le souvenir n'est déjà plus fidèle au bonheur quand la fin fut douloureuse. Parce que le bonheur n'est pas vrai s'il ne dure pas éternellement ? Parce

---

1. Ce temps-là : l'époque où le narrateur et cette femme étaient amants.
2. Les semaines suivantes : celles qui suivirent une maladie qu'avait eue le narrateur adolescent.

que ne peut finir douloureusement que ce qui était douloureux, inconsciemment et sans qu'on le sût?

[...]

Je lui posais des questions sur son passé et, pour me répondre, on aurait dit qu'elle fouillait dans un coffre plein de poussière. Elle avait grandi en Transylvanie, était arrivée à Berlin à dix-sept ans, entrée comme ouvrière chez Siemens, et s'était retrouvée dans l'armée à vingt et un ans. Après la fin de la guerre, elle s'en était sortie en faisant toutes sortes de jobs. Dans son métier de receveuse de tramway, qu'elle exerçait depuis quelques années, elle aimait l'uniforme et le mouvement, la variété du spectacle et le roulement sous les pieds. Sinon, elle ne l'aimait pas. Elle n'avait pas de famille. Elle avait trente-six ans. Tout cela, elle en parlait comme si ce n'était pas sa vie, mais celle de quelqu'un d'autre qu'elle ne connaissait pas et qui ne la concernait pas. Quand je voulais en apprendre davantage, souvent elle ne se rappelait plus, et elle ne comprenait d'ailleurs pas que je veuille savoir ce qu'étaient devenus ses parents, si elle avait eu des frères et sœurs, comment elle avait vécu à Berlin et ce qu'elle avait fait dans l'armée. « Tu veux en savoir, des choses, garçon ! »

Bernhard Schlink, Le Liseur [1995],
trad. par Bernard Lortholary [1996], Gallimard, «Folio», 1999.

Denis Lachaud, *J'apprends l'allemand*

Denis Lachaud (né en 1964) est un homme de théâtre, auteur, metteur en scène et comédien. En 1998, il publie un premier roman, *J'apprends l'allemand*, dans lequel un adolescent renoue les fils d'une histoire familiale douloureuse. Ernst est né en France de parents allemands qui ont complètement rompu avec leur pays d'origine. Il décide cependant d'apprendre à parler allemand et participe à un échange scolaire. C'est en Allemagne que le grand-père de Rolf, son correspondant, lui révèle qu'il a été gardien d'un camp de concentration pendant la guerre.

« Ça va ?

– Oui.

– Tu es tout rouge.

– Ton grand-père vient de me raconter ce qu'il a fait pendant la guerre.

– Ah oui, le front russe, les bolcheviks, le froid. Il est chiant avec ça.

– Il a surtout parlé du camp de concentration où il était gardien. »

Je n'ai pas retenu comment on dit muté.

Rolf s'est arrêté.

« Quoi ? Où ?

– À Dachau, près de Munich. »

Je rougis à nouveau.

« À Dachau ? Mon grand-père ? Tu es sûr que tu as bien compris ? »

Certain.

Cap sur la piscine au pas de charge, pas de commentaires. À sa place, je tomberais le cul par terre, il choisit l'action.

Quand nous sommes rentrés de la piscine, je me suis installé devant la télé, Rolf a tourné comme un lion en cage dans l'appartement jusqu'à l'arrivée de sa mère. Ni le crawl, ni la brasse, ni les battements de pieds ne l'ont apaisé.

« Maman, *Opa*[1] a raconté à Ernst qu'il avait été gardien à Dachau pendant la guerre. »

Silence.

« Je croyais qu'il avait été sur le front russe… Maman ?

– D'abord sur le front russe et ensuite à Dachau. »

Mme Bauer prépare un plat avec des pâtes, des œufs et des petits lardons.

Elle s'active devant ses fourneaux, elle ne s'est pas retournée, nous buvons un Coca, je suis gêné d'être là.

Rolf se lève, quitte la cuisine, revient.

« Pourquoi on ne me l'a pas dit ?

– C'est ton grand-père…

– Papa est au courant ?

– Oui. Mais mon chéri…

– Et Klaus ? Et Petra[2] ? »

---

1. *Opa* : papi, en allemand.
2. **Klaus, Petra** : frère et sœur de Rolf.

– Je ne sais pas. Je ne crois pas. Non.

– Et pourquoi Opa raconte ça à Ernst?

– Ton grand-père est vieux maintenant. C'est difficile… »

Rolf ne la laisse pas finir ses phrases. Il a toujours une question plus urgente à poser.

« Et Peter[1]… C'est pour ça que Peter ne vient jamais voir *Opa* et *Oma*[2]? »

Ça va à mille à l'heure dans ta tête, Rolf, je te reconnais à peine, calme-toi, tu n'y peux rien, nous, on est jeunes, on a toute la vie devant nous comme on dit, je la sens qui démarre la vie, on s'en fout de tout ça, n'a rien fait, on n'a rien demandé…

La soirée est très agitée, Petra tombe des nues et se range aux côtés de Rolf, Klaus s'efforce de calmer les petits.

« Et qu'est-ce que vous auriez fait de plus si maman nous avait tout raconté?

– Je ne sais pas, on aurait su au moins, on aurait pu se faire une opinion. »

Denis Lachaud, *J'apprends l'allemand* [1998],
Actes Sud, « Babel », 2006.

Philippe Grimbert, *Un secret*

Philippe Grimbert (né en 1948) est psychanalyste. En 2004, il publie son second roman, *Un secret*, un roman en grande partie autobiographique. Le secret en question? Un secret bien gardé autour de la première vie des parents du narrateur, Tania et Maxime, leur vie avant guerre, avant la fuite en zone libre, avant la déportation de certains de leurs proches, mari, femme, fils et frère. Ce n'est qu'au moment de l'adolescence, à l'âge de 15 ans, que le narrateur découvre qu'il est juif. Peu après, Louise, une amie de longue date, lui révèle le passé de ses parents.

Plus Louise avançait dans son aveu, plus mes certitudes se défaisaient. Une trop forte émotion de ma part l'aurait freinée

---

1. **Peter** : oncle de Rolf, le fils de son grand-père.
2. **Oma** : mamie, en allemand.

dans son élan, aussi je l'écoutais intensément, les yeux secs, maî-
trisant mes réactions. L'histoire de mes parents, que j'avais voulue
limpide dans mon premier récit, devenait sinueuse. Je parcou-
rais leur chemin en aveugle, exode qui m'éloignait de ceux que
j'aimais pour me conduire vers des visages inconnus. Le long
d'une route peuplée de murmures, je distinguais maintenant des
corps, allongés sur le bas-côté.

Trois morts surgirent de l'ombre, dont j'entendis les noms pour
la première fois : Robert, Hannah et Simon[1]. Robert, le mari de
Tania. Simon, le fils de Maxime et d'Hannah. J'ai entendu Louise
dire «le mari de Tania», «le fils de Maxime» et je n'ai rien ressenti. J'ai appris que mon père et ma mère, avant de devenir mari
et femme, étaient beau-frère et belle-sœur[2] et je n'ai pas réagi. En
équilibre sur le fil que Louise venait de tendre, les mains serrées
sur le balancier, j'ai regardé loin devant moi, l'œil fixé sur la fin
de son récit.

Louise venait enfin de prononcer le nom de Simon. Il faisait sa
première apparition officielle, après s'être glissé dans toutes ces
images, lutteurs anonymes, garçons brutaux, tyrans de cour de
récréation. Le frère que je m'étais inventé[3], celui qui avait rompu
ma solitude, ce grand frère fantôme avait donc existé. Louise
l'avait connu, aimé. Avant d'être le mien, Joseph avait été son
grand-père, Georges, Esther, Marcel, Élise, sa famille proche.
Avant de devenir ma mère, Tania avait été sa tante. Comment
l'appelait-il, quels gestes avait-elle pour lui ?

Après m'avoir décrit ces lieux interdits, ces panneaux infa-
mants, ces étoiles brodées des quatre lettres qui me désignaient

---

1. Robert, le premier mari de Tania est mort sur le front de l'Est ; Hannah et Simon,
la première femme de Maxime et leur fils, ont été arrêtés au moment où ils tentaient
de passer clandestinement la ligne de démarcation ; ils ont été déportés et gazés à
Auschwitz.
2. Robert, le mari de Tania était le frère d'Hannah, la première femme de Maxime.
Après la mort de Robert et Hannah, un nouveau couple s'est formé, celui de Tania et
Maxime.
3. Élevé seul, le narrateur s'était inventé un frère imaginaire pour partager ses expériences avec lui.

aujourd'hui, Louise voulait me dire encore une chose, la plus douloureuse, mais sa voix s'est étranglée.

Philippe Grimbert, *Un secret* [Grasset & Fasquelle, 2004],
Librairie générale française, «Le livre de poche», 2006.

Emmanuel Carrère, *Un roman russe*

Emmanuel Carrère (né en 1957) est tout à la fois écrivain, scénariste et réalisateur. S'il a commencé par écrire des romans, ses livres sont devenus peu à peu de plus en plus personnels. Ainsi, en 2007, dans *Un roman russe*, il évoque un secret de famille, celui qui entoure la mort de son grand-père.

J'ai fêté mes quarante-trois ans pendant le montage. Ce jour-là, le 9 décembre 2000, ma mère m'a dit : tu sais, cela me fait drôle, tu as atteint l'âge de mon père – comme on dit l'âge du Christ, sous-entendu celui de sa mort. Je n'ai pas réagi, sur le moment. Puis j'ai regardé les notes que depuis quelque temps je rassemblais sur mon grand-père. Il est né à Tiflis, aujourd'hui Tbilissi, le 3 octobre 1898, nul ne sait ni ne saura jamais quand il est mort, mais il a disparu à Bordeaux le 10 septembre 1944, peu avant d'atteindre l'âge de quarante-six ans. J'ai pensé que ce lapsus comptable de ma mère me fixait un délai : j'avais presque trois ans devant moi, jusqu'à l'automne 2003, pour donner à ce fantôme une sépulture, et pour cela il fallait que je réapprenne le russe.

En quelques mots : mon grand-père maternel, Georges Zoura-bichvili, était un émigré géorgien, arrivé en France au début des années vingt après des études en Allemagne. Il y a mené une vie difficile, aggravée par un caractère difficile aussi. C'était un homme brillant, mais sombre et amer. Marié à une jeune aristocrate russe aussi pauvre que lui, il a exercé divers petits métiers, sans jamais parvenir à s'intégrer nulle part. Les deux dernières années de l'Occupation, à Bordeaux, il a travaillé comme interprète pour les Allemands. À la Libération, des inconnus sont venus l'arrêter chez lui et l'ont emmené. Ma mère avait quinze ans, mon oncle huit. Ils ne l'ont jamais revu. On n'a jamais retrouvé son corps. Il n'a jamais été déclaré mort. Aucune tombe ne porte son nom.

Voilà, c'est dit. Une fois dit, ce n'est pas grand-chose. Une tragédie, oui, mais une tragédie banale, que je peux sans difficulté évoquer en privé. Le problème est que ce n'est pas mon secret, mais celui de ma mère.

Adulte, la jeune fille pauvre au nom imprononçable est devenue sous celui de son mari – Hélène Carrère d'Encausse – une universitaire, puis un auteur de best-sellers sur la Russie communiste, post-communiste et impériale. Elle a été élue à l'Académie française, elle en est aujourd'hui le secrétaire perpétuel. Cette intégration exceptionnelle à une société où son père a vécu et disparu en paria s'est construite sur le silence et, sinon le mensonge, le déni.

Ce silence, ce déni sont littéralement vitaux pour elle. Les rompre, c'est la tuer, du moins en est-elle persuadée, et je me suis persuadé de mon côté qu'il est, pour elle et moi, indispensable de le faire.

Emmanuel Carrère, Un roman russe, P.O.L, 2007.

Jérôme Clément, *Maintenant, je sais*

Jérôme Clément (né en 1945) est un homme de culture et de médias : il a ainsi dirigé le C. N. C., Centre National de Cinématographie, ou la chaîne de télévision franco-allemande Arte. En 2005, il publie *Plus tard, tu comprendras*, roman autobiographique dans lequel il raconte comment il a découvert qu'une partie de sa famille, juive, a été déportée pendant la guerre. En 2008, un deuxième volet autobiographique vient compléter le premier : *Maintenant, je sais*, où est raconté comment son roman est devenu un film, réalisé par Amos Gitaï.

Mais le plus dur fut la scène de l'arrestation de mes grands-parents[1]. Sur ce moment dramatique, j'avais enquêté des années durant. Le sujet était tabou. Jamais ma mère ne m'avait raconté

---

1. Jérôme Clément assiste au tournage du film tiré de son roman, *Plus tard, tu comprendras*.

ce qui s'était passé. Tout juste m'avait-elle dit qu'ils avaient été dénoncés. Qu'ils auraient dû partir plus tôt, car on les avait alertés sur les risques qu'il y avait à rester sur place en cette période de grandes difficultés pour les Allemands. Elle m'avait dit leur inconscience relative, leur refus de quitter l'hôtel où ils se sentaient en sécurité. Tout cela, je l'avais appris par bribes, au fil des années.

[...]

À la deuxième prise, je m'installai à l'intérieur de l'hôtel. Et lorsqu'Amos cria «Moteur», j'entendis d'en haut les portes s'ouvrir brutalement, des bruits de verres cassés, et des policiers nazis et français monter l'escalier en hurlant «Ils sont où les youpins?».

C'est à ce moment que le petit garçon de cinq ans, accompagné de sa mère, une villageoise d'Evecquemont[1], se mit à hurler de vraie terreur. Les policiers passaient dans les chambres, je les entendais crier «Ils sont là les Gornick[2]», ils les emmenèrent sans ménagement. Cécile, ma grand-mère, criait «Georges! Georges!». Ils n'eurent pas le temps de s'habiller, ou à peine, on les bouscula pour les pousser dans l'escalier. J'avais les larmes aux yeux. Par la fenêtre, je vis mes grands-parents monter dans la voiture, encadrés par des policiers. Les véhicules démarrèrent en trombe. Je ne les revis plus.

La scène fut rejouée de nombreuses fois. À chaque prise, elle s'améliorait, devenait plus fluide, comme plus vraie. À chaque fois, je recevais un coup de poignard. Parfois, un incident (un bruit inopiné, une erreur de texte, etc.) interrompait la prise. Mais le plus poignant, c'étaient les hurlements du pauvre petit garçon terrorisé par cette violence et qui ne voulait pas rester, qui implorait sa mère de le ramener chez lui. Il vomit. Ses cris, enregistrés pendant le tournage de la scène, lui conféraient une authenticité et nous faisaient sortir de la fiction pour entrer dans la réalité. Ses cris résonnaient dans ma tête, je m'identifiais à lui.

[...]

---

1. Evecquemont : village où la scène est tournée ; les habitants ont servi de figurants dans le film.
2. Gornick : nom des grands-parents maternels du narrateur.

Je n'étais plus dans le film. J'étais là, en 1944, j'étais ce petit garçon qui assistait, impuissant, à l'arrestation de ses grands-parents et au drame originel, fondateur du silence maternel. J'avais tout vu. Je lui raconterais, à Maman, ce qui s'était passé et tout le monde le saurait. Enfin ! Plus besoin de se taire.

Jérôme Clément, *Plus tard, tu comprendras*
suivi de *Maintenant, je sais*, Grasset & Fasquelle, 2008.

Autour de l'œuvre

Interview de Jean Molla

▶▶ *Sobibor, par les thèmes qu'il aborde et les scènes qui le composent est un roman qui peut sembler difficile; est-il pour vous un roman de «littérature jeunesse»?*

Sobibor est le second texte que j'ai écrit, après *Copie conforme*, un texte ouvertement écrit pour la jeunesse. En travaillant ce roman, je n'ai pas choisi d'obéir à un schéma préconçu ou nécessairement facile parce que je m'adressais à un public «jeune». J'ai écrit un roman «jeunesse» mais les techniques d'écriture ne sont pas nécessairement des techniques de littérature jeunesse. Ce qui m'intéresse c'est d'importer des techniques littéraires propres au roman pour adultes dans ce qu'on nomme la littérature jeunesse.

Jean Molla
(né en 1958)

De même, d'un point de vue du traitement des personnages, il m'intéressait de jouer sur leur ambiguïté, d'échapper au stéréotype : Jacques est aussi un être humain, capable de bonté, qui aime ses enfants; Emma n'est ni gentille ni méchante.

▶▶▷ *Dans le roman, vous placez l'une à côté de l'autre, liées, deux thématiques : l'anorexie et le dévoilement du camp de Sobibor ; y en a-t-il une plus importante que l'autre ?*

Au départ je ne voulais évoquer que l'anorexie, puis, en travaillant, s'est imposée l'idée d'un secret de famille. J'ai d'abord pensé à un grand-père milicien puis j'ai poussé à l'extrême cette idée en faisant de mon personnage quelqu'un qui endosse l'uniforme de la Waffen SS. Et c'est l'histoire du camp qui est devenue le sujet essentiel. C'est pourquoi le journal de Jacques Desroches est encadré par le récit fait par Emma, il est le cœur noir du roman. Mais il était capital que cette parole soit balisée, contredite par celle d'Emma. Il ne fallait pas que ce soit Jacques qui dise le dernier mot.

▶▶▷ *De quelles sources vous êtes-vous inspiré pour écrire ce roman ?*

Je citerai les livres de Poliakov, *Le Mythe aryen,* par exemple, écrit pour essayer de comprendre comment cette idéologie s'est constituée, de P. A. Taguieff, *La Couleur du sang*, ou encore *L'Imprescriptible,* de V. Jankelevitch, *Eichmann à Jérusalem : rapport sur la banalité du mal* de Hannah Harendt, les récits de Primo Levi et de Imre Kertész, ou encore *Le Concept de Dieu après Auschwitz*, de Hans Jonas. De nombreux livres d'histoire également, dont je n'ai pas retenu tous les noms.

J'ai choisi de parler de Sobibor plutôt que d'un autre camp parce que j'avais été frappé par la destruction intégrale de ce camp et la volonté des nazis de faire disparaître les traces de leurs forfaits. D'ailleurs, lors de l'écriture, j'ai eu beaucoup de mal à trouver des documents sur ce camp. Or, il m'était important de ne rien inventer à ce sujet. Je me souviens avoir pensé situer l'action ailleurs, à Treblinka par exemple. J'ai abandonné cette idée, je voulais parler de Sobibor. J'ai fini par trouver des témoignages, dans des livres d'historiens et sur Internet.

Pour l'anorexie par contre je n'ai eu recours à aucune documentation, j'ai écrit par empathie, suite à des discussions avec des anorexiques : ainsi, la scène dans laquelle Emma ingurgite de la nourriture pour animaux est une scène qui m'a été racontée. Ensuite, il faut oublier celui qu'on est et se mettre dans la peau d'une autre qui n'est pas soi.

▶▶▷ *Avez-vous tout de suite pensé donner à votre roman une structure éclatée ou cette structure s'est-elle imposée ensuite ?*

La structure éclatée est une idée que j'avais dès le départ mais il s'est passé trois ans entre la signature du contrat avec Gallimard et la parution du roman. Pendant ces trois années j'ai repris le texte, c'est dans les derniers moments, par exemple, que j'ai décidé de citer le poème d'Éluard (p. 166), de faire reprendre le nom de Lachenal à Emma, c'est même dans les tous derniers jours que j'ai trouvé comment terminer le récit, de façon circulaire en reprenant l'alexandrin qui ouvrait le texte.

▶▶ *Pour vous, a-t-on le droit d'écrire sur les camps ?*

C'est une question que je me suis évidemment posée, c'est pourquoi j'ai choisi d'adopter le point de vue d'un bourreau. Il m'a paru impossible, voire immoral, de prendre le point de vue d'une victime de la Shoah. Mais j'ai aussi ressenti la nécessité de parler de cette histoire-là. Je suis professeur et quand je demandais à mes élèves s'ils savaient ce qui s'était passé, ils répondaient que oui, mais en réalité ils ne savaient pas. Ils ne savaient pas, par exemple, dans quelles conditions on transportait les Juifs jusqu'aux camps : la chaleur, le froid, l'entassement, la peur, l'humiliation... Emma dit dès le début du roman une phrase essentielle : « Je peux tout réciter mais je ne comprends rien » (p. 13). Or l'histoire, cette histoire-là, ne doit pas mener à ce constat.

▶▶ *La littérature a-t-elle selon vous un rôle ?*

J'aime bien la phrase de Danielle Sallenave selon laquelle la littérature est un moyen de « revisiter le monde ». Selon Kundera, « le roman est l'art de l'indécision ». La littérature peut amener à comprendre que rien n'est simple, manichéen, que nous sommes condamnés à nous interroger.

Contexte historique et culturel

La Seconde Guerre mondiale commence le 1er septembre 1939 avec l'invasion de la Pologne par l'Allemagne. Le 3 septembre, la France et le Royaume-Uni déclarent la guerre à l'Allemagne. Moins d'un an plus tard, le 22 juin 1940, la France du maréchal Pétain, vaincue, signe un armistice avec l'Allemagne et est occupée par les troupes allemandes. Très vite, le gouvernement de Vichy met en place des mesures antisémites et collabore à la déportation des Juifs.

Une extermination de masse

Dès sa prise de pouvoir en 1933, Adolf Hitler institue en Allemagne un régime totalitaire et place le racisme et l'antisémitisme au cœur de son projet politique. Le génocide juif de la Seconde Guerre mondiale est la dernière étape d'un long processus. En Allemagne puis dans les pays occupés, mesures discriminatoires et expropriations ont précédé les regroupements, les déportations et les massacres. Aux camps d'internement ouverts en 1933 succèdent en 1936 les camps de concentration (camps de prisonniers-esclaves). À l'automne 1941, les *Einsatzgruppen* (troupes spéciales d'intervention) parcourent les territoires de l'Est pour éliminer les Juifs, les Tziganes, les handicapés et les cadres politiques hostiles à Hitler. C'est le 20 janvier 1942 que la conférence de Wannsee présidée par Heydrich, organise une extermination plus systématique et plus rapide, la «solution finale», en mettant en place les chambres à gaz. Le génocide devient industriel. Au printemps 1942, six camps d'extermination sont mis en place en Pologne occupée : Chelmno, Belzec, Sobibor, Treblinka, Majdanek et Auschwitz-Birkenau. Seuls les deux derniers étaient à la fois camps d'extermination et camps de concentration. Pour alimenter ces camps, tous les pays occupés connaissent le même processus : rafles, concentration dans des camps de transit (Drancy en France, Mechelen en Belgique, Risiera di San Sabba en Italie, Westerbork aux Pays-Bas et bien d'autres) puis déportation. On pense que six millions de Juifs ont ainsi été assassinés, exterminés ou tués par le travail forcé et les conditions des camps de concentration.

La reconnaissance de la Shoah

La reconnaissance du génocide juif n'a pas été immédiate : ainsi en 1955, le film *Nuit et brouillard* d'Alain Resnais, documentaire sur la déportation, ne prononce pas le mot « Juif ». Dans les années 1970, la spécificité de l'extermination juive est mieux reconnue. Des œuvres filmées ont joué un rôle important : en 1979, une série télévisée, *Holocauste*, a fortement marqué les consciences et en 1985, le réalisateur Claude Lanzmann termine son documentaire *Shoah*, mot qui signifie « catastrophe » en hébreu. Le terme est alors adopté dans plusieurs langues pour désigner l'extermination des Juifs pendant la Seconde Guerre mondiale. Depuis le cinquantenaire de la libération des camps (1995), les gouvernements acceptent d'évoquer leurs actes pendant la Seconde Guerre mondiale. Gestes et paroles symboliques se succèdent. En 1995, le président Jacques Chirac a reconnu la responsabilité de l'État français dans la rafle du Vel d'Hiv et la déportation des Juifs. Deux ans après, l'épiscopat français a reconnu l'insuffisance des réactions de l'Église française face à la persécution des Juifs. En 2001, le président polonais, Aleksander Kwasniewski a fait acte de repentance. En 2005, c'est au tour du président roumain Ion Iliescu de reconnaître la participation de son pays à la Shoah. Citons enfin les voyages des papes Jean-Paul II (1979) et Benoît XVI (2006) à Auschwitz.

Le négationnisme

Lors des procès qui ont eu lieu contre des responsables nazis, pas un seul n'a nié le crime dont il était accusé. Cependant depuis les années 1970 certaines personnes ont voulu nier la réalité du génocide des Juifs. Bien que les preuves historiques démentent leurs théories, en France, Maurice Bardèche, Paul Rassinier et plus récemment Robert Faurisson ont mis en cause l'existence des chambres à gaz. Fin 2008, Robert Faurisson a même été invité à un spectacle par le très controversé humoriste Dieudonné qui lui a fait remettre sur scène le « prix de l'infréquentabilité et de l'insolence » et ce par une personne déguisée en déporté juif.

Repères chronologiques

1939	**Début de la Seconde Guerre mondiale.**
1940	**Le 22 juin, en France, signature de l'armistice par le maréchal Pétain.**
1940	La France sous l'occupation allemande.
1942	**Conférence de Wannsee.**
1943	**Destruction du camp de Sobibor par les nazis.**
1945	**Le 8 mai, signature de l'armistice qui met fin à la Seconde Guerre mondiale en Europe.**
1945-1946	**Procès de Nuremberg pour juger les responsables nazis.**
1947	Primo Levi, *Si c'est un homme* (récit autobiographique).
1951	**Création de la C.E.C.A., ancêtre de l'Europe.**
1952	Robert Merle, *La mort est mon métier*, dont le narrateur est commandant d'Auschwitz (roman).
1955	Alain Resnais, *Nuit et brouillard* (documentaire).
1985	Claude Lanzmann, *Shoah* (documentaire).
1986	Prix Nobel de la paix attribué à Elie Wiesel, survivant d'Auschwitz puis Buchenwald.
1987	**Procès de Klaus Barbie, chef de la Gestapo de Lyon, condamné pour crime contre l'humanité.**
1995	**Discours de Jacques Chirac au Vel d'Hiv reconnaissant la complicité du gouvernement de Vichy dans le génocide juif.**
1997	Roberto Benigni, *La vie est belle* (comédie).
1998	**Condamnation de Maurice Papon, secrétaire général de la préfecture de Gironde entre 1942 et 1944, pour complicité de crime contre l'humanité.**
1998	Art Spiegelman, *Maus* (bande dessinée).
2002	Prix Nobel de littérature attribué à Imre Kertész « pour une œuvre qui dresse l'expérience fragile de l'individu contre l'arbitraire barbare de l'histoire ».
2005	Inauguration du mémorial de la Shoah à Paris.

Les grands thèmes de l'œuvre

L'anorexie, une maladie pas comme les autres

Une maladie psychique

L'anorexie est un symptôme médical rare, celui de la perte de l'appétit. La malnutrition et ses complications en sont les conséquences. Dans le roman, la description clinique est réaliste. Les portraits d'Emma ne font aucun doute sur son excessive maigreur (ch. 1, 7, 15); les carences alimentaires, l'hospitalisation et l'alimentation de force sont aussi racontées dans le chapitre 13.

Mais Emma est atteinte d'anorexie mentale, non pas perte de l'appétit mais lutte active contre la faim, une maladie psychique qui touche surtout des adolescentes. Cette volonté de maîtriser son poids et son corps trouve en particulier son origine dans l'importance qu'Emma accorde au regard que les autres portent sur elle et dans les images qu'elle se forge de la jeune fille idéale : «Un jour, j'ai découvert dans le miroir l'image d'une fille trop grosse à mon goût» (ch. 4). Au fil du roman, nombreux sont les miroirs dans lesquels Emma se regarde, miroir de salle de bain ou miroir que deviennent le regard des autres, celui de la secrétaire du directeur de supermarché ou celui de ses grands-parents.

Les origines de la maladie d'Emma

Outre la volonté de répondre à des critères contemporains selon lesquels il faut être mince pour plaire, on trouve dans le roman d'autres pistes pour comprendre la maladie d'Emma. Au sein de sa famille, Emma éprouve un isolement certain : son père n'est pas très présent, semble s'être éloigné d'elle au fur et à mesure qu'elle grandissait (ch. 8), sa mère quant à elle lui sert de repoussoir (ch. 2 et 6); pour des raisons différentes, aucun des deux n'est un interlocuteur pour l'adolescente. Ne pouvant parler avec eux, elle peut en revanche transformer son corps pour les forcer à la voir, à la regarder en face.

Le poids du passé familial est une autre explication suggérée par le roman de la maladie d'Emma : au cours du chapitre 14, elle refait le chemin de sa maladie et identifie l'une de ses causes occultes, le cauchemar de sa grand-mère, qui lui a révélé le mensonge de cette dernière. Ce mensonge est d'autant plus grave pour Emma que ses grands-parents tenaient lieu pour elle de modèle à suivre. On peut enfin noter que le problème du rapport à la nourriture s'était déjà posé à Anna après le meurtre d'Eva Hirschbaum (ch. 11). Attention cependant à ne pas se tromper : si Emma maigrit, ce n'est pas qu'elle devient l'image des victimes des camps. Certes, l'image du corps amaigri de sa petite-fille rappelle à Anna un passé occulté («Que tu es maigre, Emma! Maigre comme…», ch. 4) mais la postface est sur ce point très claire : «Quel rapport entre les camps et l'anorexie? Aucun, évidemment. Seulement, il arrive parfois que la petite histoire croise les chemins de la grande.» La petite histoire, c'est celle d'Emma, de sa maladie née d'un secret de famille, un secret lié à la grande Histoire, celle des camps d'extermination.

Sobibor, *un récit de la déportation*

L'histoire d'un camp

Sobibor est un camp d'extermination; choisir de donner ce nom à un roman, c'est l'inscrire dans l'Histoire, marquer la prédominance d'une thématique historique sur toute autre thématique du récit : avant même d'être l'histoire d'une maladie, c'est l'histoire d'un mensonge, d'une vérité qu'on a voulu cacher, et celle du génocide juif pendant la Seconde Guerre mondiale. Les pages décrivant le camp de Sobibor, celles sur l'assassinat de Simon et Eva sont parmi les plus fortes du roman. Les recherches documentaires confirment l'exactitude du roman quant à la disposition des lieux, aux personnes présentes ou au rythme des convois et Jean Molla, dans l'interview page 204, évoque l'importance des lectures historiques à l'origine du roman. Il insiste dans sa postface sur l'importance qu'il donne à l'Histoire, au génocide juif et aux efforts déployés pour essayer d'en effacer les preuves. Son roman se veut un combat contre l'oubli dans lequel les nazis ont réussi, ou presque, à plonger l'un des plus importants camps d'extermination en Pologne. Toute une part de son récit se rattache ainsi à une série d'œuvres, récits de déportation faits par les survivants revenus de camps de concentration et romans plus récents évoquant le génocide juif.

Un récit qui s'inspire des témoignages des survivants

Jean Molla, dans l'interview page 204, cite les noms de Primo Levi ou Imre Kerteszc. Outre ses lectures de livres d'histoire, son travail d'écrivain s'est appuyé sur des récits de survivants. Ces textes qui apportent le témoignage des survivants des camps de concentration sont nombreux. Avant même la déportation, les ghettos dans lesquels les Juifs étaient enfermés ont été le lieu d'une écriture de témoignage fréquente : que l'on se souvienne du *Journal* d'Anne Frank. Ainsi, quand le grand-père d'Emma évoque les découvertes d'Anna au chapitre 11, il évoque « un petit carnet que la femme avait tenu », souvenir des différents témoignages que l'on a pu retrouver, du ghetto de Varsovie notamment. Après la guerre, les survivants des camps ont également eu besoin de dire ce qui s'était passé, de garder vivante la mémoire des disparus. Leurs œuvres ont pris différentes formes – témoignages, œuvres poétiques, essais philosophiques – et ont voulu faire toucher du doigt les conditions extrêmes que des hommes ont infligées à d'autres hommes ; on peut en dégager un certain nombre de motifs récurrents comme l'arrestation, le séjour en prison, le voyage en wagon, l'arrivée brutale, les coups,… pour ne citer que ceux qui sont repris dans *Sobibor*. Ces œuvres ont été écrites pour que l'on n'oublie pas ce qu'ont vécu les déportés, malgré la volonté de reconstruction et d'oubli dans l'immédiate après-guerre. Que l'on relise seulement le poème que Primo Levi place en ouverture de *Si c'est un homme*, véritable malédiction jetée contre ceux qui seraient tentés d'oublier :

> « Pensez-y chez vous, dans la rue,
> En vous couchant, en vous levant ;
> Répétez-les à vos enfants.
> Ou que votre maison s'écroule,
> Que la maladie vous accable,
> Que vos enfants se détournent de vous. »

La Shoah, un thème littéraire ?

La Shoah est devenue un thème de la littérature mondiale : nombreux sont ceux qui l'ont placée au centre de leurs œuvres. Toutefois il est toujours délicat pour les écrivains de s'emparer de la Shoah et d'en faire un thème littéraire. Comment représenter cette expérience quand on ne l'a pas vécue ? Un tel récit ne risquerait-il pas de perdre toute légitimité et de paraître indécent ? Certains romanciers ont ainsi inscrit la Shoah en fili-grane de toute leur œuvre. En France, Patrick Modiano a créé son œuvre autour de l'absence de ceux qui ont disparu. Autre possibilité qui s'est offerte aux romanciers : ne pas décrire les camps et ce qui s'y passait de manière directe, mais par l'intermédiaire des retours en arrière faits par des personnages de survivants. Ce choix va souvent de pair avec une écri-ture neutre, blanche, dit-on, pour ne pas tomber dans un sentimentalisme de mauvais aloi. Une autre voie enfin s'est présentée à certains auteurs, dont Jean Molla, pour ne pas trahir la voix des victimes : adopter le point de vue adverse, celui du tortionnaire nazi.

Le problème soulevé est d'autant plus important que des impostures littéraires sont venues mettre en doute les témoignages des survivants eux-mêmes, tel *Fragments* de Binjamin Wilkomirski (1995), prétendu témoignage de déportation qui s'est révélé être un faux. Ainsi, pour s'ex-pliquer, se justifier, les écrivains se sont le plus souvent sentis obligés de joindre à leur roman une préface ou une postface expliquant les condi-tions d'élaboration de leur fiction, c'est le cas de Jean Molla. Le cinéma a connu les mêmes difficultés : les polémiques ont été nombreuses lors de la parution d'un film comme *La Liste de Schindler* de Steven Spielberg (1993) du fait d'une scène en particulier, qui montre une véritable douche et non le gazage des déportés, et plus vifs encore les échanges autour de *La vie est belle*, de Roberto Benigni (1997), une comédie située en partie dans un camp de concentration. Car la question est là : peut-on, même pour faire réagir ou réfléchir, inventer ce qui n'a pas eu lieu alors qu'il est si difficile de se représenter ce qui s'est réellement passé et qu'il faut gar-der en mémoire ? Les images des films ou romans ne risquent-elles pas de déformer ce que les témoignages des survivants ont eu tant de mal à porter à notre connaissance ?

Fenêtres sur...

 Des ouvrages à lire

Des témoignages

• **Primo Levi, *Si c'est un homme* [1947], trad. de l'italien par Martine Schruoffeneger, Pocket, 1988.**
Primo Levi, un Juif italien, maquisard engagé contre le fascisme, a été déporté à Auschwitz en 1944; il raconte la faim, l'humiliation, l'entreprise de déshumanisation menée par les nazis contre les détenus des camps. Son récit est le plus connu des témoignages d'un survivant des camps.

• **Anne Frank, *Journal*, [1947], trad. du néerlandais par Nicolette Oomes et Philippe Noble, Librairie générale française, «Le livre de poche», 2007.**
Anne Frank est une adolescente juive qui connaît une enfance heureuse à Amsterdam jusqu'en 1942, malgré la guerre. À partir de cette date, elle et sa famille vivent clandestinement dans l'annexe d'un immeuble pour échapper à la déportation. La jeune fille a tenu son journal de 1942 à 1944, et son témoignage reste l'un des plus émouvants sur la vie quotidienne d'une famille juive pendant la Seconde Guerre mondiale.

• **Elie Wiesel, *La Nuit* [1958], Éditions de Minuit, «Double», 2007.**
Dans ce récit, Elie Wiesel témoigne de sa déportation à Auschwitz puis à Buchenwald alors qu'il avait 14 ans, avec l'ensemble de sa famille. Il raconte la déportation de tout un village : le voyage en train, l'arrivée au camp, et la marche de la mort au cours de laquelle le narrateur a assisté à l'agonie de son père.

• **Geneviève de Gaulle Anthonioz, *La Traversée de la nuit* [1998], Éditions du Seuil, «Points», 2001.**
Geneviève de Gaulle Anthonioz, nièce du général de Gaulle, entre dans la Résistance en 1940. Elle est arrêtée et déportée à Ravensbrück. Elle raconte dans La Traversée de la nuit son enfermement dans le cachot du camp, dans un isolement total.

• Collectif, *Paroles d'étoiles, Mémoire d'enfants cachés (1939-1945)*, Librio, 2002.

Jean-Pierre Guéno a recueilli les témoignages d'enfants juifs que leurs parents avaient cherché à protéger en les cachant sous de fausses identités. Ces témoignages évoquent le quotidien difficile d'enfants parfois maltraités, isolés de leur famille, jusqu'au moment de la Libération, et l'attente de retrouvailles qui n'ont pas toujours lieu.

Des romans

• Wladyslaw Szpilman, *Le Pianiste* [1946], trad. de l'anglais par Bernard Cohen, Pocket, «Pocket Jeunes adultes», 2003.

Dans ce roman autobiographique, Wladyslaw Szpilman, un jeune pianiste, qui travaillait pour la radio polonaise au moment de l'invasion de son pays par les Allemands en 1939, raconte comment le ghetto de Varsovie se mit en place et vit sa taille être réduite au fur et à mesure, jusqu'à la révolte du ghetto. Le livre a été adapté au cinéma par Roman Polanski.

• Robert Merle, *La mort est mon métier* [1952], Gallimard, «Folio», 1972.

Le roman retrace, à la première personne, la vie de l'un des exécutants de la «solution finale», Rudolf Lang (dont le modèle est Rudolf Höss), un S.S. devenu commandant du camp d'Auschwitz-Birkenau. L'occasion de s'interroger sur la barbarie d'un homme parfois bien ordinaire...

• Elisabeth Gille, *Un paysage de cendres*, Éditions du Seuil, 1996.

Deux enfants, Léa, cinq ans, et Bénédicte, sept ans, se lient d'amitié dans un pensionnat bordelais. C'est la guerre et les deux petites filles ont été placées là en attendant la paix. À la Libération, seuls les parents de Bénédicte reviennent chercher leur enfant. Les deux amies ne se quittent pas et Bénédicte va tout tenter pour aider Léa à vivre malgré tout...

• Robert Bober, *Quoi de neuf sur la guerre ?* [1993], Gallimard, «La bibliothèque Gallimard», 2002.

Ce roman évoque par petites touches, souvent avec humour, l'immédiate après-guerre et la difficulté de se remettre à vivre dans un atelier de confection où travaillent des juifs rescapés.

Une bande dessinée

• Art Spiegelman, *Maus* [1973-1991], trad. de l'américain par Judith Ertel, Flammarion, 1998.

Art Spiegelman transpose son histoire familiale dans un monde animal : les Juifs sont des souris, les Allemands des chats, les Hongrois des cochons,... Sous-titrée «Un survivant raconte», la bande dessinée évoque à la fois les persécutions des Juifs et la déportation de son père, mais aussi la difficulté de communiquer cette expérience et d'en hériter.

 Des films à voir

(Toutes les œuvres citées ci-dessous sont disponibles en DVD.)

• *Nuit et brouillard*, Alain Resnais, documentaire, images d'archives noir et blanc, couleur, 1956.

Sur une commande du Comité d'histoire de la Deuxième Guerre mondiale, Alain Resnais réalise le premier film sur les camps de concentration. Il montre les lieux et l'organisation de l'extermination. Pour accompagner les images, l'écrivain Jean Cayrol, qui avait été déporté à Mathausen en tant que Résistant, a composé un texte poétique dit par Michel Bouquet.

• *Shoah*, Claude Lanzmann, documentaire, couleur, 1985.

Pendant dix ans, Claude Lanzmann est allé sur les lieux du génocide, a rencontré les témoins, victimes et bourreaux et les a fait parler. Il ne montre aucune image d'archives mais filme les visages de ceux qu'il interroge et les lieux dans lesquels ils se trouvent.

• *Sobibor, 14 octobre 1943, 16 heures*, Claude Lanzmann, documentaire, couleur, 2001.

Sobibor a été détruit après la révolte des prisonniers du camp. Claude Lanzmann a retrouvé un des survivants de ce camp, Yehuda Lerner, pour lui faire raconter cette révolte et comprendre comment un homme connu comme non-violent avait pu tuer et organiser cette évasion réussie.

• *Music Box*, Costa-Gavras, drame, couleur, 1990.

Une avocate américaine d'origine hongroise est appelée à défendre son père dans un procès pour... crime de guerre. Elle part donc à la recherche de la véritable histoire de son père qui avait fui son pays en 1945.

• *La Liste de Schindler*, Steven Spielberg, drame, couleur/noir et blanc, 1993.
Oskar Schindler est un industriel autrichien. Tout au long de la guerre, à Cracovie, il va employer des Juifs dans son entreprise et les protéger ainsi de la déportation. En 1944, il a sauvé plus d'un millier de Juifs.

Notes

Notes

Notes

Dans la même collection

CLASSICOCOLLÈGE

CLASSICOLYCÉE

Pour obtenir plus d'informations, bénéficier d'offres spéciales enseignants ou nous communiquer vos attentes, renseignez-vous sur www.editions-belin.com ou envoyez un courriel à contact.classico@editions-belin.fr

Cet ouvrage a été composé par Palimpseste à Paris.

Imprimé en Espagne par Novaprint
N° d'édition : 005256-04 – Dépôt légal : mars 2011